3

盛唐三部曲

黄易

天地明環

【卷十八】

第一章　緊急報告

此乃魔種、道心之別，前者比後者至少高上一個層次，也因而兩者仍未到同流合運的至境。

台勒虛雲現身因如賭坊後院門對街商鋪二樓平臺處，此鋪乃下鋪上居的格局，平臺寬敞，放置一張小圓桌和三張太師椅，台勒虛雲面街坐著，蹺起二郎腿，頭戴帽，拉低至蓋過眉毛，與沒點燈火平臺的暗黑融渾為一，難怪龍鷹一時看漏了眼。

下層的鋪子是間押店，以押店言之屬中等規模，門面普通，不惹人注目。

難道這就是台勒虛雲宿處？

整件事令龍鷹對魔種有進一步的了解，魔種非是無所不曉，便像自己般，也可以誤入險地，不過卻的確比自己平常的道心神通廣大，於進入台勒虛雲的視野內前，懸崖勒馬，把主事權交回他手裡，而當時他仍懵然不知，差些兒鑄成恨事，讓台勒虛雲知道他懷有異心。

同一時間，他不單曉得即使无瑕是到因如坊來，找的也不是台勒虛雲，而他除非掌握到无瑕是到坊內後院哪幢樓房去，否則今夜的竊聽行動，將以失敗告終。

台勒虛雲宿處的押店，下有秘道，連接賭坊後院。

自古以來，舉凡皇宮或權貴之家，設有可供逃生的秘道，屬常規而非例外。不能飛天，便要遁地。

大唐開國前，魯妙子為楊素設計建造的「楊公寶庫」，連接著可通往皇宮的隧道網，庫內藏有武器物資，足供絕地反擊之用。不過由於坐上帝位的是有份參與的楊廣，寶庫因而沒派上用場，然得「楊公寶庫」，可得天下的傳言，流傳開去。

針對地庫、地道的問題，太宗李世民即位後，明令長安城不准挖地，休說地道，可是台勒虛雲一方怎會理會。

押店正是賭坊秘道的出入口。

此舖所在位置，為北里北緣最後一排店舖，後面是漕渠由西轉北的河段，過另一里坊崇仁與龍首渠交匯，水陸都那麼方便。若因如賭坊被圍，坊內的人可輕輕鬆鬆的從地道開溜，對香霸乃攸關其小命的事。

押店的出入口，亦提供了秘密進出賭坊的方便。像今晚，如无瑕要到賭坊內，可神不知、鬼不覺的經由秘道入坊，不知情的龍鷹，等也是白等。

計算時間，如无瑕真的到了這裡來，現該在後院內，龍鷹錯失時機。一個无瑕，已令他生出極大顧忌，不敢進去逐屋搜尋，犯不著冒此風險。

暗歎一口氣，悄悄離開，找宋言志去。

龍鷹來到无瑕香居，落在天井。

剛才依弓謀指示，到離賭坊崇仁里龍首渠北岸的民宅夜訪宋言志，卻撲了個空，宅內僕人均已安眠，宋言志的臥室、書齋，前者被鋪摺疊整齊，且有洗潔氣味，後者顯然沒伏案辦公的情況，該是宋言志已遠行，令他們緣慳一面。

事實如何？須找弓謀了解。

離開時，早過三更，然來個夜訪獨孤美女，正其時也，可惜非不願，是不能。他還有必須在天明前弄妥的事。

若无瑕尚未回來，他仍有時間找獨孤倩然。

究竟他希望見到无瑕，抑或情願无瑕不在家？他自己亦弄不清楚。

今趟重返西京，情緒的波動比以往大，易喜易悲。如今夜般，竊聽无瑕和與宋言志碰頭，連續兩個任務都無功而還，立即將他的情緒推往谷底，這是以前不會發生的事。看來該與无瑕有關，她像端木菱般，可以影響無影無形的魔種，直指其心。

著地的一刻，他感應到无瑕。

計算時間，她沒和台勒虛雲說話，否則不可能安坐廳堂裡。

龍鷹從後門進入前廳，嗅到无瑕浴後的香氣，進一步堅定他的想法。

另一想法來了。

今天發生在他身上的事頗多，无瑕為何不向台勒虛雲報告，至少該告訴他有關田上淵長街刺殺行動的失敗。以无瑕之能，不可能察覺不到內藏刺客那輛馬車的異況。

他想到的一個可能性，是无瑕早前非是到賭坊去，而是往會柔夫人。

看來符小子即晚與柔夫人共度良宵的心願如他今夜的行動般，落空了。

无瑕坐在靠窗的一組几椅，月兒透窗而入，在沒燃燈的暗黑廳堂，以朦朦黃光勾勒出她優美的形態，秀髮金光爍爍。

龍鷹仿如回到家裡，坐入隔几的椅子，吁一口氣，道：「馬車內的高手，是何方神聖？」

无瑕微嗔道：「你累人家洩露行藏，還如何去跟蹤？」

龍鷹朝她瞧去，沒好氣道：「這叫『惡人先告狀』，勿跟得那麼貼近，范某人甚麼場面未遇過？這方面，大姐比任何人清楚。」

无瑕受責似的輕垂螓首，道：「人家關心范爺嘛！」

龍鷹說不出話來。

无瑕柔聲道：「范當家黃夜來訪，當是來告訴人家與宗楚客會面的情況。」

龍鷹聳肩道：「來找大姐陪睡覺不可以？」

无瑕欣然道：「好呵！奴家立即伺候范當家梳洗寬衣，上床就寢。」

龍鷹洩了氣的苦笑道：「你怎知小弟是唬你的？不過有些事不可以開玩笑，說不定弄假成真。」

无瑕悠然道：「无瑕根本不怕和范爺上榻子，是范爺自己怕而已。有說錯嗎？」

龍鷹恨得牙癢癢地道：「勿和小弟玩火。」

无瑕岔開去，道：「既不是來睡覺，所為何事？」

龍鷹知今天在渠濱，沒親她嘴兼大摸幾把，被她掌握到自己對她忌憚，趁機看風使㭎，改為進一步探察虛實。他奶奶的！始終鬥她不過。往往看似佔得上風，卻是下一個劣勢的開始。

不過！情趣就在這裡，使他屢敗屢鬥，樂而不厭。今夜來找无瑕，正是鬥爭的延續，揭開新的篇章。

龍鷹大吐苦水，道：「宗楚客那頭老狐狸，逼我明晚在福聚樓喝他為我和老田擺的和頭酒。苦況尚不止此，和頭酒後，他還要我到大相府見他，肯定是怕我陽奉陰違，不肯奉行談妥的事。」

无瑕秀眸閃亮，想到甚麼似的。

龍鷹心忖美人兒你還不中計。

此招厲害處，是任无瑕智比天高，仍不可能測到是計，且鐵定落入圈套，原因是不曉得龍鷹意外掌握到，她有可進出新大相府的水下秘道。

秘道一回事，能否探聽到消息另一回事，故此，无瑕曉得「范輕舟」到新大相府與宗楚客密話，實屬機會難逢，且一舉兩得，既可弄清楚宗楚客的策略，又可進一步掌握范輕舟的立場，豈肯錯過。

此正為龍鷹夜訪的目的。

无瑕若無其事的問道：「宗楚客憑甚麼說服范當家與田上淵講和？」

龍鷹坦言道：「他答應我，一天北幫仍在，陸石夫揚州總管之位，巍然不動。」

无瑕點頭道：「這是很大的讓步。」

往他望來，道：「范當家言下之意，宗楚客決定放棄田上淵。對吧！」

龍鷹道：「大姐欲問的，是小弟又憑何說動宗楚客。」

无瑕「噗哧」嬌笑，白他一眼，道：「范當家多疑哩！若到今天，宗楚客仍未看透田上淵的野性難馴，就勿要出來混。」

又瞄他一眼，道：「比起上來，范爺當然比較老實可靠。」

龍鷹心內一陣不舒服，无瑕話裡有骨，說的似欣賞讚美，其實點出了他一個大漏洞，就是他始終如一的態度。對「龍鷹」如是，對竹花幫、寬玉亦如是。

從這個方向作出判斷，「范輕舟」與大江聯從敵對化為夥伴，實耐人尋味，怎知非是像對以前的武三思，現在的宗楚客般，乃權宜之計。

幸好，明晚无瑕的疑惑，將有「水落石出」的機會。

正因如此，无瑕現在沒興致聽他的一家之言。

龍鷹趁機告退，无瑕並未挽留，不然便須陪睡。

回到花落小築，再撐不住，連靴子倒往榻子，不省人事。給足音驚醒過來時，天色大白。坐起來，一把接著符太擲來的「報告書」。

雖薄薄的十多頁，然釘裝工整。

龍鷹愛不忍釋的把玩著，笑道：「小敏兒為你釘裝的，對吧！」

符太神情輕鬆地在靠窗的几子坐下，不置可否的道：「給你這傢伙累得老子沒覺好睡的。」

龍鷹道：「小敏兒有一對巧手。」

符太喝道：「快讀。」

龍鷹給他喝得在半睡的狀態清醒過來，記起自己是他這場情戰的軍師，而看符太如此著緊，挑燈夜寫報告，顯然極重成敗，忙道：「讀！讀！立即讀！不過，先洗個臉才讀，請太少賜准！」

符太道：「這還差不多。」

龍鷹坐言起行，符太隨他下樓，道：「我們真命天子的事，有點眉目哩！」

龍鷹喜道：「這麼快！」

符太忍著笑道：「是名副其實的皇帝不急，急煞太監。他奶奶的！李旦解禁之日，原來高小子已著手做工夫。」

龍鷹進入澡房，取水梳洗，見一旁放著摺疊整齊的香潔衣物，訝道：「誰這般的伺候周到？」

符太在一旁的小櫈子坐下，伸個懶腰，道：「除小敏兒外，尚有何人？她使人來收集你的髒衣，拿去洗濯，然後送回來，更著老子監督。你奶奶的！記緊換上。」

龍鷹道：「知道哩！勿瞧著小弟洗澡。」

接著將整個頭浸入注滿清水的桶子裡。

符太失笑道：「這叫洗澡？」

龍鷹心裡湧起生活的溫暖感覺，把頭拔出來，任由冰冷的水從髮、臉瀉回桶子內，道：「我們的高大如何首著先鞭？」

符太道：「對這類宮廷內的事，高小子有他的一手，竟是向那毒婆娘下工夫，待她稍下氣後，建議她藉此事與皇上修補關係。」

龍鷹仰頭，任由水滴從頭瀉落頸裡衣上，道：「那婆娘怎下得這口氣？像她那般唯我獨尊，又一向霸道慣了的人，只會認為錯的是別人，非她的問題。」

符太道：「憑的是一句話。」

龍鷹訝道：「甚麼話可打動她？」

符太道：「順水人情。」

龍鷹明白過來。

此為一家便宜兩家著。李顯既解除皇弟的軟禁，沒人敢反對下，等於脫罪，如此李旦五個兒子重返西京一事，已成定局，在於早或遲。

韋后或宗楚客的立場，愈可將皇族人員拒之於外，愈為有利，可是，亦等若與李旦、太平等皇族成員對著幹，還把李顯推往他們的一方，加上右羽林軍大統領之位落入也是「皇族」的楊清仁手裡，際此韋宗集團陣腳未穩之時，嫌隙擴大，對之有害無利。

韋后狠毒有餘，智計不足，遇上這類事情，當找老宗來出主意。於老宗而言，謀一域者，須先謀全局，如在時機未成熟下，與因楊清仁進佔要職而實力驟增的太平起衝突，將得不償失，即使他隨時準備來另一次廷變，亦須緩和與李顯等皇族繃緊的氣氛，權衡輕重下，惟有在李旦五子一事上，放一馬。

符太淡淡道：「高小子高明處，在乎深悉那婆娘的性情，曉得她絕不會告訴老宗，此為高小子的提議，而當作是她的主意和功勞。換過我們，想十輩子都想不到解鈴者可以是那婆娘。」

龍鷹讚道：「高小子對宮廷之事愈來愈駕輕就熟，也想到娘娘定去找老宗商量。」

符太沉吟道：「此事若成，代表老宗仍未察覺到我們真命天子的存在，於我們大大有利。故高小子有意無意間，為我們向韋、宗來個投石問路。」

龍鷹同意道：「如果高大確拿此事作試金石，那高大的心計與胖公公差不了多少。」

又不解道：「聽你的語氣，似是老宗理該對我們的真命天子生出警覺。」

符太沒好氣道：「竟還沒讀完老子的《西京下篇》？」

龍鷹認栽道：「今天讀，不用我到大明宮便成。」

符太罵道：「事有緩急，你不看老子的緊急報告，如何為我拿主意？」

龍鷹取巾抹頭，哈哈笑道：「終明白我這個軍師的作用，乃情場戰場上不可或缺。放心！這麼十多頁的『奏告』，小弟邊醫肚邊讀，保證一個早膳的工夫可以啃完，然後想出送柔美人到你榻子上去的大計。」

又問道：「下一個約會，定於何時？」

符太神氣的道：「打鐵趁熱，當然不等一年半載。」

龍鷹盯著他看好半晌，道：「太少昨夜似大有斬獲。」

符太斬釘截鐵的道：「勿問！自己讀！」

龍鷹拿他沒法，亦急於知道他和柔夫人昨夜發生過甚麼事，匆匆換衣後，偕他到廳子坐下。

桌上擺著小敏兒為他們準備的美食，份量足供三、四個人吃飽。

龍鷹嚷道：「我的娘！這麼多！」

符太道：「還有御前劍士，這傢伙隨時到。」

又催道：「快讀！」

龍鷹將急奏置桌面，另一手取饅頭，瞧著符太道：「太少很著緊。」

符太坦然道：「本來不大著緊，可是！他奶奶的！這女人太有味道了，原已日漸淡褪的印象，忽然變得火紅起來。」

龍鷹道：「這叫舊情復熾。可以這麼說，你們是最不可能的一對，竟又是那樣的天作之合。信老子吧！不論本軍師出的主意如何糟糕，到最後，亦變為曠世妙計。今回是『情網不漏』，哈！」

揭開急奏的首頁。

第二章　情網不漏

人約黃昏後。

符太踏上躍馬橋，太陽最後一抹餘暉消沒在西京城外，永安渠兩岸亮著點點燈火，不知如何，符太心裡竟湧起愁緒，彷似能從眼前偉大都城繁華的表象底下，看到衰敗和傾頹，是未曾有過的感受。

暗吃一驚，難道變成了自己一向不屑的壞鬼書生，傷春悲秋，又或是因來會柔美人，一顆心忽然變軟了。

他奶奶的！真不是好兆頭。

柔夫人包裹在連斗篷的素黃外袍裡，立在躍馬橋拱起的最高點，正倚欄凝望流動的渠水，包頭的斗篷，遮掩如花俏臉，可是她動人的體態，化了灰符太仍可一眼認出。一時心裡不知是何滋味。

她出現眼前，本身已具非凡的涵義。

无瑕避不見符太，乃明智之舉，是為免有無謂的「碰撞」，致節外生枝，如无瑕般的女子，任何接觸過她的男人，不論怎麼樣的關係，也不可能回復至未見她前的情狀。愈有眼光者，愈受影響。

龍鷹取第二個饅頭，目光投往符太，大訝道：「你怎能如此清醒，對无瑕想得這般透徹深入？」

无瑕類近人雅，像人雅精緻易碎的獨特氣質，一見難忘。龍鷹雖然擁有人雅，可每當遇上初見的美女，仍心不由主地拿她去做比較，儘管其美麗可與人雅匹敵，卻絕不一樣，是各擅勝場，人雅成了精緻的最高標準。无瑕亦然，她的魅力是獨一無二的。

符太罵道：「你有很多時間？」

符太得到的，是柔夫人芳居的在處，其他一切由他自行決定。

忽然間，符太和柔夫人給一道無形的線，老天爺的妙手，牽連起來。

无瑕予符太自由，等若考驗，沒人穿針引線下，發展的方向，事情的成敗，所採的態度，與人無尤。

柔夫人根本沒想過一去不返的符太，可突然重闖她封閉的天地。

符太在柔夫人香居附近一座橋底下，腦袋一片空白的發了一陣子呆，又在勇往直前和臨陣退縮兩者間掙扎，終於下了個決定，就是將決定交到柔夫人手內去，趁她不留意之時，於她梳妝檯上留下信箋，約她於明天日沒前的剎那，相見於躍馬橋上。

赴約，不赴約，由她決定。

柔夫人動人的倩影，映入眼簾內的一刻，如若在不毛的沙漠，目睹從冷峻、孤絕的沙粒裡長出來的奇花異卉，有著不可抗拒的魅惑力，穿透骨髓，感覺無從歸類。

縱然在最深的夢域裡，符太未敢妄想過自己真的能影響眼前一向冷漠隔離的美女，她是如斯的別樹一幟，獨立自主。對著她，符太依足大混蛋「情場戰場」那一套，視之為高手較量過招，卻真的從沒想過可得到她的心。

到龍鷹告訴他无瑕要為柔夫人緝拿他歸案，他對柔夫人的克制，狂浪崩堤，早死掉大半的心，重新活躍，且一發不可收拾。沒想過會發生的事，終於發生，既驚又喜，更害怕的，是一場誤會。

誰可真正了解柔美人的芳心，包括她的同門師姊妹在內？更不要說一向沒興趣理會別人心內想甚麼東西的符太。

於離柔夫人尚有七、八步的當兒，她別轉頭，朝他瞧來。

半隱藏在斗篷的暗黑裡，半顯現在躍馬橋和兩岸燈火的映照下，她俏秀至無可挑剔的輪廓，明暗對比下刀削般清楚分明。一雙秀眸，如被月色進駐，流轉不休。玉容卻是無比的蒼白，鮮潤的紅唇再察覺不到半點血色，她的香軀雖沒發抖，符太總感覺到她的芳心正不由自主的抖顫著。

她似想呼喚他，卻吐不出片言隻字。忽然間，言語變得乏力，說話的是這座壯麗的都城和躍馬橋，描繪著他們離奇關係的深黑星空，即使過去已成為了記憶深處一抹不顯眼的霞彩，卻總是緊緊纏繞著他們。

躍馬橋的交通並不繁忙，仍不時有車馬往來，行人路過。

可是一切再不重要。

符太的腦袋一片空白，千般言語，萬般情結，給一下子沒收。

符太挨欄止步，離她不到一尺。

柔夫人蒼白的嘴唇微僅可察的抖顫，欲言無語。

符太以沙啞的聲音，艱難的道：「夫人貴體無恙。」

柔夫人輕搖螓首，垂下去，以符太僅可耳聞的聲音道：「妾身很緊張。」

符太腦際轟然一震，虛虛蕩蕩，代之是某一莫以名之的感覺，蝕骨銷魂。

柔夫人曾令他一聽傾情、顛倒迷醉，仿似來自遠古神秘咒語般的嗓音，在他耳鼓內鑽進去，道：「為何來呢？」

好半晌，神魂稍定，又經很大的努力，符太重拾說話的能力，頹然道：「但願我曉得。」

曾有一段時間，在他日常的作息裡，柔夫人不留任何痕跡，間有思及，即以最大的克制，排之於腦海之外，原因在他不認為柔夫人會愛上他，受打擊或許是真的，然只是「媚術」特殊的後果，是媚功的損傷。

可是！他奶奶的！當大混蛋告之无瑕要他去見柔夫人，連他自己亦沒法明瞭的一股情緒支配了他，就像狼寨的蓄水池破掉，一切沖奔而下的洪流，任何人為的障礙給沖刷個一乾二淨，忘掉所有地依无瑕的指示去留暗記。

符太並不明白自己。

龍鷹道：「你說不明白自己，事實上已是一種明白。了解的本質，受囿於種種局限，真正的了解，從來未存在過。」

符太沒好氣道：「說得不無道理，可惜我沒聽道理的閒情，而是須你指點一條明路。」

龍鷹道：「技術就在這裡！你需要的，正是對她某一程度和局限內的了解，才可對症下藥，收她為秘密情人。」

符太道：「這算甚麼娘的指點？尚有六頁，看完再說。」

龍鷹道：「勿打斷老子的思路，這叫靈機一觸，看到這場情戰關鍵所在處。」

符太愕然道：「有何好主意，立即說出來，還要賣關子？」

龍鷹胸有成竹的道：「先告訴我，你可感到其中的樂趣？」

符太苦笑道：「我不知道。」

龍鷹道：「若然如此，敗下陣來的肯定是你，到最後，即使你得到她嬌貴的玉體，仍沒法得到她的心，變成你去纏她，她卻從你的情網裡脫身而出，回復以前不滯於物的心境。」

符太皺眉道：「你言下之意，是她仍要害我。」

龍鷹道：「剛好相反，她對你確情根深種，患疾之重，遠在我們猜想之上，問題在……嘿！曉得沒找錯我這軍師了。」

符太光火道：「說不說！」

龍鷹道：「賣賣關子再說，可加深你對老子說話的重視。你奶奶的！要知她所以情足深陷，是由特殊的條件，在某一特殊的情況下，令你能將本自由在天空飛翔的她，來個凌空擊落，可一不可再。若你和她接觸下去，等於過去的印象，和如今的現實，互相碰撞，稍有不如，將令她對你難能可貴的愛，逐漸減退，習以為常之故也。縱然你以前是她心裡的英雄，可是英雄慣見亦常人，問你可捱多久？」

符太發呆片刻，又瞪他幾眼，不情願的點頭，道：「確是危機。」

又道：「若一夜恩情後，老子永不回頭如何？總算得到過她。」

龍鷹歎道：「你太小覷白清兒的傳人了，你嘗過她的滋味後，真的可以離開她嗎？若如斯容易，她的『媚術』就是白練了。」

沉吟片刻後，續道：「我終於明白无瑕肯為你穿針引線的用意，虧她想得出來，令人絕倒。」

符太駭然道：「又說她不會害我。」

龍鷹道：「看你的神態，知你像柔夫人般著緊，如此必輸無疑。」

符太狠狠道：「再不清清楚楚說出來，我和你大戰三百回合。」

龍鷹喝道：「說得好！你剛說出了唯一方法，就是和柔美人大戰三百回合。」

符太呆瞪著他。

龍鷹好整以暇的道：「聽故事，須從頭聽起。待老子先分析无瑕。」

符太細看他半晌，點頭道：「你這混蛋確有點門道。」

龍鷹道：「不論无瑕、湘君碧，又或你的柔柔，莫不深受白清兒的影響。當然，我們對白清兒所知不多，不過清楚一件事已足夠，就是可鍥而不捨，橫跨數代的去玉成『影子刺客』楊虛彥的未竟之願，如此堅毅不拔的精神，令人害怕。所以由她一手栽培出來的徒兒，絕不認敗。」

符太動容道：「分析得好。」

龍鷹道：「柔夫人上趟和我們交手，確玉心失守，愛上了你這個既無情又不懂溫柔的浪子，中了情毒，本來無藥可救，幸好解鈴還須繫鈴人，无瑕想到了唯一的轉機，就是將你挖出來，把活解藥送到柔夫人眼前，讓她服用。」

符太不解道：「那還不是害我？」

龍鷹道：「是一家便宜兩家著，无瑕豈敢害你？她像老子般，不相信性格和你南轅北轍的柔夫人真的愛上你，只要假以時日，你對柔夫人的吸引力不住減退下，再經最後一重的『玉女功法』，柔夫人不單可回復過來，功力大可能更上一層樓。」

符太問道：「甚麼娘的功法？」

龍鷹道：「先不說這方面，說說服藥的過程，就是將你送到柔夫人眼前，讓她有機會拿心底裡那個人，和現實的你做比較。你奶奶的，想像的當然遠優於真實的，所以說，現實殘酷不仁。」

符太現出思索神色。

龍鷹悠然道：「有一見鍾情，也有一見心死。變化可發生在一刻之間，除非你能經得起她的考驗，任她如何，你的表現比她心裡的印象仍有過之而無不及，你便可在最後的考驗裡勝出，讓她永遠愛著你。」

符太道：「你說的情況，永遠不會發生，想像和憧憬裡的東西，現實不可能與之相比。」

龍鷹道：「須看是哪方面，於男女言之，虛無縹緲，怎及得上有血有肉？」

符太道：「你不嫌說話前後矛盾？」

龍鷹道：「我只說不一樣，但並不代表孰優孰劣，如果兩者間的落差，帶來的是更新、更強烈的感受，柔夫人將難以自拔，此為大戰三百回合的真義，躍馬橋夜會，乃你們交手的第一回合。」

符太道：「你還未讀畢，怎知我不是首輪交鋒，已一敗塗地。」

龍鷹道：「你若首戰失利，現在便不是這個躍躍欲動的積極模樣。事實上，你首度出招，一鳴驚人，不是直接摸上門去，而是留箋約會，令柔夫人有胡思亂想的時間，實為神來之筆。」

符太道：「此拜你這壞鬼軍師之賜。你奶奶的，假設第一天立即登榻尋歡，還有甚麼娘的報告好寫？」

龍鷹道：「這叫錯有錯著，可見姻緣天定，非人力可逆轉，此亦為『情網不漏』的心法，既可愛幹甚麼幹甚麼，不成拉倒，自可以揮灑自如，無往不利。」

符太沒好氣道：「那還寫甚麼報告，又要你這混蛋來幹嘛？」

龍鷹不慌不忙，回應道：「技術就在這裡，老子的軍師，恰為此『情網不漏』的重要組成部分，缺之不可。小子明白了？」

符太說不出反駁的話來。

龍鷹道：「好哩！吊足你癮子了，現在告訴你『玉女宗』最後的一重功法，也是你和柔美人決勝的關鍵。坐穩！」

符太捧頭道：「說！」

龍鷹道：「无瑕曉得，老子清楚，柔夫人和你的歡好已成定局，只是早或晚的問題。此為情難自禁的道理，她沒法拒絕你。」

符太同意道：「昨夜確如你所描述的情況，可是若又如你之言，當她對我的情由濃轉薄，誰曉得會否拒絕我。」

龍鷹道：「那就是緣絕，立即和你的慾念、妄想、自尊、成敗之心拉大隊離開，有多遠滾多遠，永遠不回去見她。」

符太拍案道：「這番話最合老子的心意，不成拉倒，向來是老子的作風。」

龍鷹撚鬚笑道：「不枉本軍師獻計，太少可造之才也。」

又訝道：「御前劍士何故未到？」

符太光火道：「勿扯東拉西，何謂最後一重功法？」

龍鷹一字一字的道：「就是當她和你抵死纏綿時，仍能『玉心不動』，那她不但可將你驅逐出境，還可從你身上得到天大裨益，採陽補陰，『媚術』大進。」

符太頭痛的道：「她心動或不心動，老子如何曉得？」

龍鷹道：「精采之處，盡在此中。如果早知曉得結果，何來刺激樂子？故此先前我問你，有否感到其中的苦與樂。」

稍頓，續道：「最精采的時刻，非是洞房的一刻，而是怎樣令她心甘情願，情難自禁的和你洞房，過程中的不確定性，如若我們追殺鳥妖，如何了局，由老天爺主事，而這恰為樂趣所在。你到前線衝鋒陷陣，滿足你那顆好戰的心，每趟交鋒，給老子乖乖寫報告，讓本軍師運籌帷幄。大家兄弟，這叫有福同享，有禍同當。」

又道：「好哩！待老子讀畢餘頁，然後給你釐定今夜的策略。剛才教你的是陣式，如何變陣變招，看你的能耐，現在老子教的，是心法。」

此時宇文朔來了，尚未說話，給符太一把扯著，拉出小廳到前園去，以免他影響龍鷹的集中力。

龍鷹心忖符太這麼著緊，可見柔夫人的威力。

事實上，柔夫人那種離漠的態度神情，確引人至極，自己曾為此心動過，可是在報告內讀到的描述，幾疑為另一人，大有「頑石點頭」之感。

目光返回符太昨晚的躍馬之約裡去。

第三章　再戰情場

「符太！」

聲音似從久遠的年代，幾經曲折的迂迴傳至，鑽入符太的耳鼓內去。

她的聲音、氣息，是如此地既熟悉又陌生，偉大的都城、躍馬橋，一下子消失了，剩下的唯一連繫，就是從永安渠拂來的涼風，行人車馬，再無關痛癢。

壯麗的星夜，蓋天覆地。

符太差點立即開溜，回去撰寫報告，記錄此一刻的心境，好讓大混蛋為自己獻計，正是這個最不應該在此動人時刻升起的想法，令他在迷醉裡保持著一點不昧的醒覺。

永遠勿忘，眼前令他顛倒的嬌嬈，並非一般尋常女子。

符太朝她瞧去，事實上他的眼光從未離開過她愈趨煞白、血色不住褪去的芳容，但心神卻似與頭頂上的星空般運轉，須很大的努力，方能重新聚焦。

「隨我來！」

說罷別轉香軀，走下躍馬橋。

符太跟在她動人的背影後。婷婷玉步，在眼前搖曳生姿，緊裹在素黃外袍內的嬌軀，在她帶著舞蹈美感的走動裡，顯現出超越凡塵的某種真理，曲線隱現，內蘊含蓄，誘人至極。

從沒一刻，符太像此刻般想得到她。

她在誘惑他嗎？

符太糊裡糊塗，真和假的界線模糊不清，至乎究竟是夢境還是現實，無不混淆。魂蕩神搖下，隨她抵達橋旁的渠岸。

一艘小船，靠岸泊著。

符太倏地清醒過來，收攝心神。

柔夫人解去繫索躍往船子中央，坐下，示意他登船。

符太來到船尾處立定，執櫓輕搖，船子順流而下。

符太迎著河風，深吸一口氣，心呼厲害。

有個秘密，連大混蛋也不曉得，本不打算告訴他，現在則不得不洩露，因這個情場上的戰役，肯定是硬仗，當然須有明帥指揮，他則負責衝鋒陷陣。

當日躲在香霸座駕舟的底艙，偷聽頂層艙廳香霸和洞玄子的說話，於柔夫人未開腔前，符太便有微妙的感應。

那是「血手」和「明玉」間離奇的連繫，可意會，不可言傳。到柔夫人能觸動他心弦的聲音傳入耳內，他立告心動，曉得柔夫人的「媚術」與他本教的「血手」有密切的關係，乃其「玉女心功」組成的關鍵部分。

「明玉」、「血手」，分處明、暗兩端，故此修煉者只可選其一，且不可能走回頭路。連接兩相反的極端，惟有「五采石」。

這是符太一直持著的看法，直至練成「橫念訣」。

「橫念」落在一般武人手上，管他聰明絕頂，仍得物無所用。

然而，對精通「血手」，修至大成境界的符太，「橫念」、「血手」乃天作之合，前者可將「血手」橫加擴展，提升往以前可望不可及的層次，隨心所欲。

妲瑪離京前那個晚上，向符太獻上珍貴的處子之軀，箇中動人情況，遠超符太想像之外，也該是妲瑪從沒夢想過的，便是「橫念」天然地令他們緊密結合，兩個極端水乳交融。至於後果，可見的部分，是使他和妲瑪難離難捨；不可見的部分純為感覺，超出了男女愛戀，無以名之，為何如此，怕老天爺方清楚。

剛才立在岸旁，柔夫人躍登小船的一刻，雙方的氣場由合轉分，內含來自妲瑪「明玉功」新養份的「血手」，立即氣貫全身，直通腦脈，喚醒了他。

他奶奶的！的確厲害。

然到此醒轉過來的時候，他仍感對柔夫人無從掌握，不辨真假。

柔夫人溫柔的道：「看到你的留言，人家曾想過不來。」

符太待要說話，柔夫人漫不經意地掀起斗篷蓋，河風下，秀髮垂流，瀉往兩肩，隨風飄舞，襯托得她的絕世花容，充盈動感，美不勝收。

符太一時愣住了。

「說話呵！你從來不愛說話，現在更惜字如金。」

符太苦笑道：「為何不想赴約？」

柔夫人幽幽的道：「就像召來猛獸，妾身則自願當獵物，任君大嚼，感覺矛盾。」

符太愕然道：「竟然是夫人採取主動，召我到來？」

此刻他失去了方向，歧路迷途。

誰想過无瑕是受柔夫人所託，通緝符太？

她若無其事道出背後詳情，闡明任符太擺佈，悉從尊便，香豔誘人處，超越了任何言詞。

符太一顆心不爭氣的熱起來，又警告自己，今晚絕不可失陷於她的溫柔陷阱，特別在曉得由她作主動，促成今趟的「重聚」。

柔夫人垂下螓首，輕輕道：「忘不了你呵！」

又道：「洛陽一別，符太你是否立下決心，誓與妾身永不相見？」

符太心裡湧起傲氣，在她面前，不可窩囊，縱敗也須輸得漂漂亮亮，且此等事豈有勝敗可言。

不知如何，縱然在這等「水深火熱」的時刻，心裡總記著要給大混蛋寫報告，似隱隱感到成敗關鍵，繫乎那個傢伙。要寫報告的念頭，忽爾成為在茫無方向的暗黑裡，唯一指路的明燈，依循的方向。故而不可輕舉妄動，錯腳難返。

立定主意，符太頓然精神大振，雙目閃閃生輝的打量眼前美女，目光大膽直接，肆無忌憚，頗有看貨的味道，除非天生淫蕩，任何女子都受不了。

偏是柔夫人若無其事，任他的邪眼肆虐。

符太冷然道：「當日還只是一個莫名的感覺，現在從龍鷹那傢伙處得到有關夫人的新消息，方曉得當時的感覺，實為符某人來自『血手』的靈異感應，清楚欲得夫人真愛，等於緣木求魚，最終一無所得。」

柔夫人滿有興致的道：「公子究竟曉得人家的甚麼事？」

符太淡淡道：「令師尊是否婠婠的師妹？」

柔夫人歎道：「終瞞不過鷹爺。」

符太好整以暇的道：「其他的，不用多餘的廢話吧！」

柔夫人寶藍的眸神凝望著他，輕描淡寫的道：「為何肯來？」

符太灑然聳肩，壓低聲音道：「是姑且一試，又夠香豔刺激，然亦等同玩火，偏是符某一向好此調兒。唉！怎說好呢？或許是當認為自己可把夫人置諸腦後之時，竟發覺壓根兒非那回事。最初令我捨棄《御盡萬法根源智經》的情緒，重新支配著我。夠坦白吧！輪到夫人哩！」

柔夫人「噗哧」嬌笑，狠狠白他風情萬種的一眼，抿著香唇，道：「人家不服氣呵！不可以嘛！」

符太收槳，讓船子停泊在一道石橋底下，坐在船尾，輕鬆的道：「不服氣符某可以說走便走？」

柔夫人漫不經意的道：「不服氣的是為何愛上你，須臾難忘，想再看清楚你一點，瞧是否三頭六臂，額長兩角，懂施妖法。」

符太聽得心裡喚娘。

豁了出去的柔美人，竟可變成這個樣子，情熱如火，沒絲毫保留。

此時交報告變得無關痛癢，唯一支持他的，是原本絕不可首晚便栽掉的信念。

他有點後悔將船子泊在橋底，更後悔坐下來，在燈火映照不到的暗黑裡，情況曖昧。如柔夫人般的美女，擺出任君品嘗的姿態，本身已是誘惑力十足，更令人難耐的，是比對起以前她視天下男子似無物的驕傲，尤使人有侵犯她的強烈衝動，那種掀開她神秘面紗的痛快。

儘管柔夫人毫不隱瞞情意，卻恨她仍一副清冷自若，事事不上心的模樣，似初重逢時的緊張已過，逐漸回復昔日的情態，熱情限於言語，內裡一片冰心。

以高手過招論，符太肯定自己落在絕對下風，因不知下一步該怎麼走，說甚麼話才恰當，應否和她親熱，先佔點便宜。幸好亦清楚，懂得這麼想，證明尚未失控。

符太雙目異芒大盛的打量著她。柔夫人雙足交疊，斜擺一邊，纖手合攏置放腿上，腰脊挺直，如雲秀髮自由寫意的散垂香肩，令胸、腰的曲線玲瓏浮凸，隨吐息輕輕起伏，玉容如花，美眸閃亮，沒半分畏怯的迎上符太目光，深情專注。

說不想得到她，就是自我欺騙。

如果他是自詡泡妞經驗豐富的大混蛋，會怎樣做？

這個想法，令他像在火熱洪爐外呼吸得一注清冷的空氣，清醒過來。

對！眼前並非真正的愛情，而是與「玉女宗」三大媚女高手之一的角力較勁，絕不可以常法應付。

問題在他根本不曉得該怎麼做，進退維谷，淪於被動。

符太苦笑道：「勿看我表面堅強，內心實非常脆弱，經不起打擊。」

柔夫人綻出笑意，興致盎然的打量著他，輕輕道：「公子在怕妾身傷害你？」

符太歎道：「怎麼說才好呢？現在符某給夫人的嬌姿美態、動人的情話迷得暈頭轉向，於我是從未有過的事，非常不妙。」

柔夫人淺嗔道：「你口說一套，做的卻是另一套，依人家看，你不知多麼醒覺。」

符太哂道：「這點點的道行，符某仍是有的。哈！待我回家思量一番，然後再來和夫人相見。」

柔夫人美眸現出淒迷之色，道：「符太呵！你的家在哪裡？」

符太灑然道：「天地就是我的家，或許有一天，當我想家的時候，會回到夫人身旁。」

柔夫人垂下螓首，以蚊蚋般微細的聲音，香唇輕吐道：「真的會嗎？」

符太壓抑著過去將她擁入懷裡、痛嘗香唇的衝動，花了他很大的勁，坦然道：「我不知道！」

柔夫人仍低垂著頭，呢喃道：「愛上你很痛苦，很磨人，卻令人家嘗到愛上一個男子的滋味，來得突然，忽然間，過去的信念和心境，天崩地裂般改變了。」

接著仰首往他望來，道：「你是個離奇的人，平白無端的來惹人家，咄咄逼人，一步不讓，目空一切，本應是我最討厭的那類人。可是呵！偏偏沒法對你有半分恨意。」

符太心忖怎會是「平白無端」，當時他視她為目標，有的而發。他奶奶的！自己確好不到哪裡去。大家你騙我，我騙你。令她有天地崩裂感覺的一著，更是胖公公一手炮製的騙情之局。

大訝道：「難道夫人那時對符某竟有感覺，但真的看不出來。」

柔夫人開懷道：「你雖目空一切，畢竟尚有點自知之明，曉得當時的言行，多麼令人生氣。」

稍頓又道：「我真的很生氣，但亦知不妙，因人家從來不動氣。」

符太呆瞪她。

柔夫人俏臉刷紅，嬌嗔道：「有何好看的，人家愛向你坦白，說心裡的話，不可以嗎？」

符太說不出話來。

柔夫人酥胸起伏，好一會兒方平緩下來，瞄他一眼，道：「符公子不顧而去後，你在人家心裡，並沒有如妾身所想般淡褪，反思念日增，很好受嗎？是你捨妾身而去，究竟誰傷害誰？」

符太差些兒後悔剛說過的話，自己知自己事，論傷害深淺，實遠有不如，乃他的選擇。甚麼表面堅強，內心脆弱，屬找話來說，卻被柔夫人抓緊，反罵自己的無情，確有理說不清。

直到此刻，他仍沒法相信，像柔夫人般獨立堅強、含蓄內斂的絕色美女，會愛上如他般不懂溫柔、言行荒誕的「異物」。

柔夫人語調轉柔，送他一個迷人的笑容，道：「幸好！今天你來了。」

言下之意，是若符太不來，將恨他一生一世。

說罷，又垂下頭去，兩頰各飛起一朵紅暈，以她獨有的嬌態，令符太目不暇給。

她的剖白，使符太首次感到自己的自私自利，從沒照顧她的感受，更沒為她著想過。他符太仿如沖進她平靜心境一支湍急的水流，肆意搗蛋，又於最不該撤退的時間離開。

唉！然而若非如此，她早把他置於腦後，不會出現今夜的此情此景。非常矛盾。

但也因而建立他們間非比尋常的特殊關係，真假混淆。情真意切底下，含蘊著即使當事人仍弄不清楚，互為因果的複雜和混亂，未來深藏迷霧之中。

柔夫人道：「符太！知道嗎？人家從未試過對著一個人，可以一口氣說這麼多話，有些且是永不願說出來，看你害得人家有多慘。」

符太道：「我很想知道一件事。」

柔夫人抬頭迎上他的目光，玉容回復一貫的清冷自持，平靜的道：「人家在聽著。」

符太道：「夫人這麼召我來見，希望出現怎麼樣的後果？」

柔夫人綻出笑意，白他一眼，玉容如生出漣漪，本清平如鏡的水面，變得生動活潑，悠然道：「看你哩！人家想得太累哩！好應由符公子擔當起這個苦差事。」

符太聽到自己的聲音在答道：「待我回家好好想一想。」

龍鷹掩卷，拿起，搓碎，毀屍滅跡，同時傳音，召符太和宇文朔進來。

終明白為何符太這麼著緊柔夫人，錯過這樣的女人，對任何男人均為抱憾終身的事。也深信柔夫人說的話，句句真心，此為「媚術」凌厲之處，令人無從抵擋抗禦，半心投入的符太自然給殺得左支右絀，毫無還手之力。幸好這傢伙仍懂得回家求救，否則早敗個一塌糊塗，死了亦為冤鬼。

符太獨自進來，摩拳擦掌的道：「如何？有救嗎？」

龍鷹以目光詢問。

符太在他旁坐下，道：「我著他在外面等多片刻。如何？」

龍鷹欣然道：「有件事，太少不可不知。」

符太警告道：「勿賣關子！」

龍鷹道：「就是宇宙陰陽交感的本性，非人力可抗拒。你這傢伙曾出死入生的『血手』氣勁，可令柔夫人般的女人沒法對你生出反感，你愈逼她，她愈有感覺。明白嗎？你奶奶的，明乎此，事過半矣！」

第四章　球賽風雲

宇文朔道：「召相王五子返京的皇令，今天頒送去了。」

龍鷹動容道：「這麼快？」

宇文朔道：「娘娘昨天提出，皇上今早付諸實行，頒令還不容易？」

又歎道：「高大此招果然厲害，然有利有弊，皇上和娘娘的關係，不但大見好轉，娘娘與相王和長公主的對峙，亦有緩和。唉！」

他的歎息，是因若韋后要對李顯下毒手，易似反掌。

符太不解道：「如此一天半天工夫，你曉得相王、長公主與那婆娘的關係改善了？」

宇文朔道：「娘娘主動向皇上提出後，高大通知相王，相王大喜下找長公主說話，今天早朝公佈消息後，相王親向娘娘表示感激。」

符太道：「高小子將更得那婆娘歡心。」

龍鷹不解道：「相王五子早晚回來，有甚麼須感激的？」

宇文朔道：「若你清楚在娘娘阻撓下，皇上另兩子李重茂和李重福到現在仍未能回京，便知此事屬格外開恩。拖一年半載，等閒事。」

又道：「皇上想見你。」

龍鷹心忖今天怎都要細讀符小子的《實錄》，以免落後於形勢，犯錯不自覺。道：「怎都要給我拖一拖，今晚還要喝老宗為我和老田擺的和頭酒。」

接著概略扼要的道出與宗楚客的談判，更新宇文朔對形勢的掌握，順便說出發現曲江池水內秘道的事，以及被老田再一次刺殺的情況。

宇文朔興致盎然的道：「不過一天，竟發生這麼多的事。」

本心不在焉、魂遊物外的符太，聞龍鷹之言，魂魄歸位，若有所思的道：「毒針從馬車車窗射出來的剎那，你有感應嗎？」

龍鷹回憶道：「給太少這般的提起，當時確有些感覺，是一股很難形容的陰寒之氣，但因須應付老田，事過即忘。」

又訝道：「聽太少的語氣，似對偷襲者有眉目。」

符太道：「若非與我本教有瓜葛，我怎都不會想起一個已銷聲匿跡二十多年的塞外家派。」

龍鷹、宇文朔用神聆聽。

符太道：「派名『九卜』，自號『卜卜奪魂』，以銅管吹毒針，乃其中一卜，走的是邪技異術，為殺人無所不用其極。開派派主，據傳是你們中土人，於東晉時期遷往大漠，一向人丁單薄，三代之前，更只傳一人，傳女不傳男，非常詭異。」

宇文朔道：「能令太少有印象的，肯定非是一般尋常流派。」

符太道：「有關九卜派的事，由捷頤津親口告訴我，還詳述其邪功異藝，著我遇上時，萬勿掉以輕心。」

又歎道：「當時我已奇怪，捷頤津怎這般有和我說話的耐性，因他平時一字不說練功以外的事。要到今天，此時此地，得聞九卜派傳人現身，方明白老捷肯和我說及九卜派的原因，他當時已曉得老田和此九卜派傳人有關係。」

宇文朔問道：「九卜派和貴派有何瓜葛？」

符太道：「據老捷說，九卜派一向和本教有交換技藝的關係，其對本教用毒之道最有興趣。遇上不方便由本教直接去做的事，交由九卜派出手。老田認識九卜派最新一代的嫡傳，理所當然。」

宇文朔沉吟道：「那枝毒針，該已被无瑕撿走。」

龍鷹道：「也可以由老田拾回。」

宇文朔道：「可能性微乎其微，他既不知毒針落點，朱雀大街又不宜久留，愈快離開愈好。」

轉向符太道：「此派傳人，有何特色？」

符太逐字吐出的緩緩道：「貌美如花、毒如蛇蠍。老捷提起她，眼內曾閃過戒懼的神色。」

龍鷹咋舌道：「那就很不簡單。」

宇文朔皺眉道：「這樣的一個女人，除非昨天剛到，否則我們絕不會從未聽過。」

符太隨口道：「或她足不出戶，又每次出門，均經易容。我的娘！更大的可能，是她根本是我們認識的，不過並不曉得她真正的身份，如此方能對老田起最大的作用。」

龍鷹和宇文朔同告動容。

宇文朔道：「今趟老田出動她，是不容有失，確險至極點，換過刺殺的對象是我，說不定已被老田得手，誰能像鷹爺般，可不沾半點毒的咬著毒針，除此險著外，我實想不到可解當時危機的辦法。」

符太苦笑道：「可把我計算在內，肯定在劫難逃。」

龍鷹奇道：「少有見太少這般謙虛的。」

符太道：「皆因老捷的警告，記憶猶深。」

一個可令捷頤津特別提醒栽培出來，以對付田上淵的得意傳人，著他提防的家派和傳人，令符太謹記心裡。

宇文朔問道：「依太少猜，此九卜派的單傳，有多大年紀？」

符太道：「須看九卜派銷聲匿跡的二十多年內，有沒有新一代的傳人。」

接著向龍鷹問道：「你教我的，等於情場上的『橫念訣』，對嗎？」

宇文朔失聲道：「情場？」

符太道：「勿問！」

宇文朔只好閉口。

龍鷹笑道：「太少害羞，不要怪他。」

符太沒好氣道：「快說！」

龍鷹道：「形容貼切。記著！未經本人審批，絕不可走終極的一步。」

符太道：「還要你教我嗎？」

說畢向宇文朔施歉禮，揚長去了。

宇文朔一頭霧水的看著他消失在視線之外，道：「弄甚麼鬼？」

龍鷹道：「須扮作不知，他是和玉女宗的第二高手打硬仗去了。哈！精采！」

宇文朔知機的不再追問，道：「昨天見過倩然世妹，她著我提醒你，有關田上淵與她家血案的事，她只聽到小部分。」

龍鷹捧頭道：「你有告訴她小弟多忙嗎？」

宇文朔道：「當然有，不用說她也明白，但你亦該明白她的心情。」

又道：「皇上方面又如何，他既開龍口，我難道像對世妹般說你很忙，沒空？」

龍鷹失笑道：「恐怕立犯斬首之罪。我的娘！做哪件事好呢？」

宇文朔道：「我請高大安排，由他遣人來接你入宮如何？在和頭酒前放人便成。」

龍鷹心忖坐馬車仍可讀《實錄》，點頭同意。

西京沉浸在勝利的氣氛裡，鞭炮聲時有所聞，街上充滿歡樂，孩童聯群結隊、穿街過坊的趁熱鬧。

符太策馬入大明宮，不經大明宮的正大門丹鳳門，而改由丹鳳門西的建福門，甫過門便是從城外來橫過整個大明宮南端的龍首渠支流，有石橋跨越。此橋名「下馬橋」，顧名思義，一般官員到此下馬改為步行，符太的「醜神醫」則享有特權，想想如李顯不適，醜神醫救駕來遲，誰負得起責任？

論面積，大明宮是太極宮三分之二的大小，可是論規模設施、殿宇樓臺，則絕不在太極宮之下。以門關計，比太極宮多出一門。

大明宮南面五門，與太極宮門數相等。

太極宮主門樓為承天門，大明宮為丹鳳門。前者北面有玄武、安禮兩門。後者北開凌霄、玄武、銀漢三門。

因著皇帝李顯不居太極宮而住大明宮，宮城三大軍系亦隨之轉移，改以大明宮為重心，佈置軍力。

大明宮的內防軍為飛騎御衛，乃李顯的護駕親衛隊，三軍裡以他們最為精銳，篩選比其他兩軍嚴格。

右羽林軍和左羽林軍分駐東、西兩邊的禁苑內，沒李顯許可，不得進入大明宮半步。

城高牆厚，門關森嚴，若三軍齊心，大明宮確固若金湯，難以動搖。

符太久歷戰陣，身經百戰，亦知除「籠裡雞作反」外，在正常情況下，攻打有這般強大防禦力和軍力的宮城，等於找死。

何況要直接攻打大明宮，尚有皇城、宮城兩關。

符太之所以想到這方面來，是因早曉得李重俊有冒險一博之心，而在現時謠言滿天飛，太子、太女之爭愈演愈烈的今天，這小子又得李旦和太平的支持，造反的可能性比以前任何一刻更大。關鍵處，在陸石夫被調離西京，城衛的控制權，已暫入李重俊一方皇族人馬的手內。

怎可能有這樣的情況出現？肯定是佈局陷阱。

符太進入南廣場，給高小子截著，報告道：「稟上經爺，剛才娘娘和諸位公主、駙馬來祝賀皇上，鬧過了時間，皇上午睡遲了，加上昨晚皇上興奮至差些兒未闔過眼，看來沒個把時辰，休想起來。」

符太大喜，轉身便去，給高力士扯著衣袖。

符太皺眉道：「難道要老子乾等一個時辰？我還有很多急事等著做。」

高力士先使人為他牽走馬兒，偕他到廣場一邊說話，道：「小子也有急事須報上經爺，由經爺定奪。」

符太不耐煩的道：「甚麼事這麼大驚小怪？」

高力士壓低聲音道：「是關於明早的馬球賽。」

符太早忘掉此事，得他提醒，不情願地集中精神，問道：「區區一場球賽，竟可成為宮廷的內鬥，只有未見過場面的人，才愛這套玩意。」

高力士道：「我們的太子、公主，既未見過場面，連西京外的地方亦未去過幾趟，關起宮門、城門做人，經爺看得透徹。」

符太去心似箭。

經歷過驚險刺激的河曲之戰，又千里追殺鳥妖，份外忍受不了宮內淡出鳥來的生活作息。昨夜的國宴，已令他吃足苦頭。道：「明早的球賽，真的那麼關係重大？」

他的主觀願望，是想高力士識相點，不說得那般嚴重，他可心安理得的溜掉。

高力士歎道：「我怕牽涉到臨淄王。」

符太立即希望化為泡影，知難以脫身。

現時在西京，他關心的人沒多少個，李隆基恰為其中之一，若置之不理，將來如何向大混蛋交代？更為切身利益，李隆基的成敗，已成他和田上淵鬥爭的關鍵。

苦笑道：「小子愈來愈奸！」

高力士道：「全賴……嘿……只是怕經爺像小子般累，一時疏忽。哈！」

兩人對望一眼，齊聲大笑，不知多麼開懷。往昔的日子又回來了。

符太道：「說吧！」

高力士湊近道：「明天若輸的是太子，肯定有後果，算好點的，是公主大力宣揚，太子不及太女。較差的，是娘娘推波助瀾，認為李重俊沒當太子的資格。最壞的情況，是得皇上認同，事情又傳回太子耳內，那必出大禍。」

符太思索道：「你清楚太子那邊的情況？」

高力士約束聲音道：「非常糟糕，河曲大捷的消息傳回來後，形勢氣氛頓然有異，娘娘偕宗尚書齊向皇上進言，力陳際此外患大斂之時，我國必須重新佈局，加強邊防，接著皇上找大相商議，問他對將李多祚外調為邊疆大將的意見，此事再由魏元忠轉告太子，一石激起千重浪，經爺精明。」

符太讚道：「果然消息靈通，有如目睹。」

高力士道：「是臨淄王告訴小子。」

符太失聲道：「甚麼？」

高力士頽然道：「相王毫不含糊地站在太子一方，因他屢勸皇上不果，怕聖神皇帝的事在今天重演，而今趟再無昔日可念的『母子情』。相王為的不單是自己，還顧及整個家族、皇族。」

論對武瞾奪權的感受，李旦深刻處，不在李顯之下。

符太終被説服，不能對明早球賽袖手不理，然而如何去理，煞費思量。時間緊迫，令事情變得急不容緩。

問道：「雙方陣容如何？誰有較大贏面？」

高力士道：「對何人出陣，兩方均諱莫如深，怕露底細。不過！小子在經爺多年教導下，學懂從大局去看，就是究竟太子的影響力大，還是八公主的影響力強？」

符太苦笑道：「還用説嗎？當然是有那婆娘在後面撐腰的安樂，佔上優勢。」

又道：「不過，聽説因田上淵的離開，令安樂一邊陣腳大亂，怕如楊清仁那傢伙下場，沒人頂得他住。」

高力士欣然道：「經爺英明神武，小子苦思兩天才想出來的解決辦法，經爺一語道破。」

符太一頭霧水的道：「老子何時提出解決的辦法？依我看，其奸似鬼的楊清仁，絕不會蠢得於此曖昧難明的情況，蹚此渾水。老楊背後還有太平，非是他一個人説了算。」

高力士胸有成竹的道：「皇上下旨又如何？經爺考慮。」

符太更糊塗了，但在高小子面前，又不可表現得太不英明神武，連該考慮甚麼仍茫無頭緒，皺眉道：「下旨命楊清仁下場作賽，幫太子的一邊？有可能嗎？」

高力士道：「本不可能，然經爺何等樣人，又挾河曲大捷之威回朝，可將不可能的事，變為可能。」

符太哂道：「那就該請張仁愿去和皇上說。」

高力士道：「大將軍昨天已將戰事的來龍去脈、經過，在皇上、娘娘、公主、相王、長公主、大相、宗尚書、韋氏族人和幾個王公大臣前詳細道出，而沒法說出的部分，目下在西京，得經爺一人清楚，令皇上等聽得不是味兒，頗為掃興，可是大將軍怕犯欺君之罪，不敢胡言亂語，恐與事實有出入，更怕經不起追問。」

符太歎道：「這傢伙擺明害我，霜蕎確消息靈通，放老子這件奇貨到她新宅落成的雅集上，以作招徠。」

隱隱裡，他感到霜蕎此招另有妙用，只恨想破腦袋仍猜不到。

高力士道：「正因大將軍未能說出戰勝最決定性的情況，立令經爺聲價倍增，變成炙手可熱的戰勝功臣。嘿！大將軍確老實了點兒。」

符太道：「好哩！即使我是這勞什子的功臣，又干明天的球賽何事？」

高力士忍住笑道：「小子可否套用范爺的一句說話，也是經爺最愛聽的？」

符太點頭。

第五章　波濤洶湧

李顯喝下俏宮娥餵他的參湯，始清醒過來，發覺符太的「醜神醫」侍立一旁，欣然道：「太醫坐。」

立在他背後的高力士唱喏道：「皇上賜座！」又打手勢著宮娥們退走。

符太在他右下首坐入太師椅，見李顯雖有點累，然精神不錯，心情暢美，決定來個快刀斬亂麻，好在日落前趕往秦淮樓去。

道：「鄙人對明天的球賽，有個看法。」

李顯大訝道：「還以為太醫不曉得此事，原來竟是朕的同道人。」

又有感而歎的道：「七、八年前朕還有下場比賽，今天卻只能旁觀，歲月催人，誠不虛也。」

像終記起符太說過甚麼般，道：「太醫有何提議，儘管說出來，看朕是否辦得到。」

以他皇帝至尊無上的身份，說出這樣的話，對符太實恩寵有加。

符太和高力士交換個眼色，悠然道：「鄙人愚意以為，明天球賽不可分出勝負，方為天大喜兆。」

李顯愕然道：「分不出勝負的球賽，有何好看？」

符太心忖是龍是蛇，就看高小子的「技術就在這裡」，是否比得上大混蛋，好整以暇的道：「昔日大唐開國時，最著名的馬球賽，莫過於高祖皇帝偕『少帥』寇仲和徐子陵，對波斯皇族的那場馬球賽，賽果如何？」

李顯道：「此局賽果，天下皆知，是以和氣收場。」

符太心忖「技術就在這裡」，微笑道：「和局之後，大唐開出太宗皇帝史無先例的盛世，餘澤、運勢不但沒絲毫歇下來之象，且因今次河曲大捷，大唐國勢攀上另一高峰，若明天賽局亦能和氣收場，與開國時的球賽可遙相呼應，大吉之兆也。」

此為深悉李顯的高小子想出來的說詞，投李顯愛撫今追昔之所好，添上鬼神兆頭的色彩，不到李顯不心動。

果然李顯如夢初醒，先現出恍然神色，接著叫絕道：「兩個和局，互相輝映，確是好提議，只有太醫想得到。」

接著龍眉大皺，道：「可是呵！如朕明令不准分出勝負，這場賽事還用比下去嗎？」

符太欣然道：「皇上英明，技術就在這裡。」

符太回到興慶宮金花落，小敏兒投懷送抱，歡天喜地的道：「臨淄王即到，大人如何獎賞敏兒？」

符太不解道：「你怎知我何時回來？」

小敏兒答道：「商豫說的，大人何時返興慶，臨淄王何時來會大人。」

符太心忖，這就是非常緊急，故愈快和自己說話愈好。他奶奶的，都是宗奸賊在弄鬼，搞得西京雞犬不寧，在李顯昏庸、惡后當道的異常情況裡，波濤洶湧，風高浪急，隨時出現舟覆人亡之禍。

笑道：「摸幾把如何？」

小敏兒在男女情事上，對符太勇敢卻害羞，明明是她要討賞，卻霞燒玉頰，獎賞來了，立告六神無主，不知應對。

符太放開她，灑然道：「真的來哩！小敏兒代本太醫出門迎接。」

小敏兒「嚶嚀」一聲，逃返內堂。

符太惟有親自出迎，來的是一身便服、沒人跟隨的李隆基，瞧他眉頭深鎖的神態，便知目前形勢多麼不妙。

他們在廳堂坐下。

李隆基歎道：「幸好太少回來，否則想找個可說話的人也辦不到。」

符太道：「可否利用武三思？」

李隆基精神稍振，道：「聽太少這句話，知太少已掌握形勢。」

符太道：「是高小子告訴我的，他不是個可說話的人嗎？」

李隆基道：「高大對我的忠心，毫無疑問，但他太忙了，且非常避忌，你們去後，我和他只說過三次話。」

又道：「今趟若非有你們和大帥通力合作，擊退默啜，我大唐危矣。」

符太道：「說回武三思。現時他和宗楚客成一山不能藏二虎之勢，對皇上又有龐大的影響力，韋后亦不得不給他面子，如能好好利用，可反擊老宗，至少可左右將李多祚調走的決定。」

李隆基歎道：「武三思在太子集團的形象太差哩！唯一還可以和他說話者為長公主，但因太子不大聽長公主的逆耳忠言，故而長公主和太子的關係愈來愈差。」

符太罵道：「蠢兒！」

李隆基道：「往時，李多祚是最能影響太子的人，更是太子集團裡穩定的力量，但在今次宗楚客發動的陰謀裡，首當其衝。」

稍頓續道：「李大將軍害怕發生於五王身上的事在他身上重演，先被外調，然後一貶再貶，直至有職無權，再被武三思遣人置諸於死。在這樣的情況下，李多祚比太子更想反擊，亂了整個太子集團的陣腳。」

符太終掌握到節骨眼，駭然道：「連誰害他們，尚未弄清楚，怎可以如此糊塗？」

李隆基狠狠道：「中計的是魏元忠，在宗楚客處心積慮下，令魏元忠誤以為宗楚客有異於武三思，對太子抱同情之心。」

魏元忠乃「神龍政變」功臣裡碩果僅存的宰相級大臣之一，武三思不想用他，全賴宗楚客保住。當然，也因魏元忠識時務，懂看風使帆，逢迎武三思和韋后。

宗楚客聰明處，是由武三思笨人出手，對付五王和排擠太子李重俊。

李重俊被冊立為太子，在武三思慫恿下，以武氏子弟，安樂的丈夫武崇訓，以及長寧的駙馬楊慎交為太子賓客，名為輔助，實為監視。武崇訓更因太子、太女之爭，恣意欺凌李重俊，不時向韋后打報告，再由韋后在李顯前中傷李重俊，故此太子集團與武氏子弟「仇深似海」，不可能緩和。

若非李旦、太平力撐，由李多祚為太子太傅，以最資深的大將傳授兵法，情況更一面倒。

現時要將李多祚遣離西京，宗楚客則藉魏元忠之口知會太子一方，李重俊和李多祚不將這筆帳算在武三思頭上，可向誰算？

宗楚客此招移花接木，混淆了太子集團的方向。其勢已成，非任何人可左右。

符太道：「昨夜國宴，我看到魏元忠之子魏昇和那蠢兒走在一起，是甚麼一回事？」

李隆基道：「是近來的事，魏昇外還有我兩個兄長，均和太子愈走愈密，原因在王父和魏相誤以為有宗楚客於暗裡支持，昏了腦，漸趨粗心大意，有恃無恐，又以為可以太子為核心，聚合成勢，壓抑武三思和韋氏外戚的凶焰。」

符太不解道：「魏元忠深諳政治，豈會這麼易被騙？」

李隆基道：「宗楚客老到之處，盡顯於此，竟支持成王李千里代陸石夫空出來的少尹一職，比任何事更有力說明宗楚客因著與武三思的鬥爭，轉為在暗裡支持太子。」

符太道：「如讓那婆娘曉得此事，還相信宗楚客嗎？武三思第一個不放過機會。」

李隆基道：「說到手腕手段，武三思尚差宗楚客大截，何況是娘娘和一眾韋族的政治新丁。可以這麼說，現今西京政壇被宗楚客牽著鼻子走，由他擺佈。」

符太沉聲道：「李重俊是否要作反？」

李隆基頹然道：「若只他一人想造反，我絕不擔心可成事，問題在我王父、李多祚、李千里，均生出鋌而走險之心，便令我非常害怕。眼前擺明是宗楚客一手炮製出來的陷阱，卻恨忠言逆耳，王父和兄長當我說的話是耳邊風，還譏笑我膽小懦怯，難成大事。」

符太記起李旦偕兩子來見自己的情況，問道：「令王父今早才來找我，問及宗楚客和老田勾結外敵的事，並不視老宗為己方的人。」

李隆基解釋道：「最不信任宗楚客的，正是為宗楚客辦事的魏元忠，因深悉其為人。現時太子聲勢大振，如能再下一城，扳倒老宗、老田，甚至囊括兵部尚書之職，那時只須一聲令下，娘娘、公主和外戚將沒一人能活命，故而在扳倒老宗、老田一事上有結果前，太子集團該不會輕舉妄動。」

又苦笑道：「不過！時間無多哩！」

符太弄清楚情況。武氏子弟中，目下得武攸宜有兵權，然因他無能，故有權無實。反之，宗楚客兵權在握，有將有兵，成為能左右太子集團兵變成敗的力量，現時天賜良機，郭元振將田上淵勾結外敵的人證送回京。唉！他奶奶的，豈知本屬武三思一方的紀處訥已被那婆娘收買，任反宗楚客者如何動員，有那婆娘撐宗楚客的腰，終徒勞無功。

符太問道：「臨淄王現今和令王父、令王兄是怎麼樣的情況，還可以說話嗎？」

李隆基沉重的道：「我在他們裡成為局外人，飽受冷言冷語的排擠，有事商量時，不准我參與。昨天還被王父罵了我一個狗血淋頭，差些兒不認我作兒子。」又道：「不過禍福無常，娘娘和公主一方，近來遇上時對我和顏悅色，與對王父、王兄等的態度大異，故因我和她們一向關係良好，但我卻懷疑，王父的下人裡，有被娘娘收買了的奸細。」

興慶宮乃高力士的勢力範圍，伺候符太或李隆基五兄弟的宮娥、太監，經他篩選，出問題的可能性微乎其微。韋后想打聽與興慶宮內的事，須通過高力士。

李旦的相王府卻位於芙蓉園內，不到高力士干涉，下面的人被收買並不稀奇。

符太道：「他奶奶的，形勢果然不妙，蠢兒的事，不但不到我們理會，更不宜理會，現在最重要是有起事來，必須保著你王父和兄長，否則將輸個一敗塗地。」

李隆基苦惱的道：「可是，我現時連說話的資格亦失去了。」

符太微笑道：「何用說話，動手便成，政治老子不懂，江湖手法卻優而為之。你老兄勿忘記，剩是隨你的十八鐵衛，已是當今中土最精銳的突擊勁旅，精擅巷戰、廷戰，唯一仍落後的，在情報消息，這方面交予高小子。至於行動細節，我們各自想想，目標是保著令王父和令兄長之命，又不予韋宗集團有秋後算帳的把柄。」

李隆基道：「太子真的全無機會？」

符太斬釘截鐵的道：「他死定了。」

明天的馬球賽，將是李顯最後一次平息太子、太女之爭的努力，雖然策劃的是符太和高力士。

符太抵達北里。

從興慶宮到這裡來，不過一盞熱茶的工夫，東市他去多了，也曾路過白天的北里，但夜晚尚為首次，沒想過分別可以這般大，仿如兩個不同的地方。

作為天下聞名的煙花勝地，北里無負其名。白天板起臉孔、忙碌工作辦正事的人，來到五光十色、燈籠高懸的夜北里，都放下平時背負著的擔子，尋歡作樂，放浪形骸。在這裡，看到的是人們的另一面。

管弦笙竹之聲，處處可聞，喧鬧的氣氛，有著強大的感染力，夢幻般不真實的天地，令來北里找尋刺激者，釋放出心內壓抑著的情緒，各取所需。

符太卻發覺自己沒法投進他們的情緒裡去，目不見色、耳不聞聲的依柳逢春的指示，來到秦淮樓正大門外。

十多人圍在大門處，正與把門的大漢爭執理論。

符太心裡奇怪時，門外的人忽然一哄而散，個個一副鬥敗公雞、大感沒趣的模樣。

輪到符太要進去，給十多個大漢的其中之一伸手攔著去路，不耐煩的道：「你沒聽到嗎？秦淮樓今夜被韋駙馬爺包下了，不做其他人的生意。」

又喝道：「關門！」

符太心忖原來如此，韋捷夠霸道的了。看情況韋捷剛到，否則秦淮樓早關門大吉。今趟韋捷有備而來，不達目的不罷休，仗勢凌人，也含有報復龍鷹的「范輕舟」之意。

攔路大漢見他一動不動，雙目瞪著他，怒道：「還不滾！」

另一人道：「這醜傢伙給嚇呆了！」

又有人道：「我們做了件好事呵！若放這傢伙進去，保證嚇得樓內姑娘永不接客，個個趕著去從良。哈哈！」

眾漢捧腹大笑。

攔他去路的大漢也笑得差些兒氣絕，擋他的手改為往他當胸推來，用上勁道，若符太是不懂武功之輩，肯定受創，且為極難治癒的內傷。

就在大漢的巨靈掌離符太胸膛尚有寸許的距離，符太起腳撐出，迅如電閃，正中對方小腹。

大漢慘嚎一聲，朝後拋飛兩丈，直挺挺的掉在地上。

沒人再笑得出來。

左右各撲出一人，抽出佩刀，朝他劈至。

符太看也不看的朝前跨步，看似緩慢，下一刻已抵達大漢躺地處，瞧著正掙扎想坐起的大漢，搖頭歎道：「如果你能在一刻鐘內，憑自己的力量站起來，我王庭經三個字以後倒轉來叫。」

「王庭經」三字出口，追上來的兩個持刀惡漢立即駭然止步，其他人莫不現出震驚神色。

符太悠然朝主堂舉步，竟沒人敢追上來攔截，顯然清楚王庭經乃鼎鼎有名的醜神醫，沒人明白一向在宮廷內活動的他，竟忽然出現在北里，還前來光顧秦淮樓。

六、七個本守在主堂臺階上的武裝大漢，見大門處出現了狀況，分出三個人走下臺階，往符太迎來。

符太心裡大樂。

剛才把門的，屬韋捷最低等級的家將，勝之不武，現時迎來的三人，乃守主堂門階武功最高的人，可入江湖好手之列，雖仍不足止手癢，但聊勝於無。

韋捷現時最大的弱點，是不可以再鬧另一次的醜事，那婆娘第一個不放過他。韋捷非是沒考慮過己身的情況，而是有恃無恐，知西京沒人敢惹他韋氏子弟，特別是他這個駙馬爺。而任他千猜萬想，仍沒想過柳逢春向符太求援，惹來醜神醫。

三人停下，一字排在符太前方，中央那人道：「朋友止步！」

符太後方有人叫道：「這位是太醫王庭經大人。」

擋路三人，同時色變。

符太不悅道：「真多口！」

驀地移後。

「啪」的一聲，說話者給符太賞了個耳光，打著轉倒跌地上。

符太又返回先前的位置，像沒幹過任何事似的。

第六章　倒楣駙馬

剛才是看不清楚符太如何出腳，現在是人人睜大眼瞧著，卻仍看不真切。符太的動作太快了，被賞耳光者的反應又不合常理，令人如陷身噩夢。

符太動手前，位處廣場中間偏北的位置，離主堂較入口近，前方是橫排主堂臺階下三個韋捷較高級的家將，後方把門的十五個嘍囉，一人仍躺在地上爬不起來，其他十四人散佈門內，其中曾拔刀攻擊符太者，立於倒地者的前方，報上醜神醫名號的，乃其中之一。

符太尚未說畢「多口」兩字，倒退往後，三丈之距，仿似寸許之地，於剎那間完成，觀者們眼前一花，他已嵌入兩個持刀家將中間，隨符太後退而來的，是強大的勁氣，令人人若忽遇狂風，被颳得衣衫飄揚，立足不穩。

最出奇的，是當其他人被勁氣颳得往後跌退，發言者反收不住勢子的往符太傾跌過去，如送上去捱刮，不由自主。

被刮者倒地時，符太返回原位。

沒人敢反撲動手，既懾於王庭經之名，更被他此神乎其技的一招鎮住。

符太雙手負後，朝擋在前方的三個韋府家將直逼過去。同時功聚雙耳，收聽從主堂內傳來的說話聲。

柳逢春的聲音從主堂收入耳裡，道：「柳某這個女兒，舉城皆知肯否回樓為客人彈琴唱曲，須看她心情，沒人可勉強。駙馬爺明鑒，曲藝之事，勉強不來，否則等如煮鶴焚琴。當然！得駙馬爺欣賞，乃紀夢的榮幸，何不讓柳某有多點時間，安排好後，再通知駙馬爺，皆大歡喜。」

符太沒大混蛋分心二用的本領，聽得入神，就在三人丈許外止步。

柳逢春這番話，表面客客氣氣，可是綿裡藏針，暗指慕紀夢之名來者，人人懂守規矩，「煮鶴焚琴」，更是重話。柳逢春是老江湖，說話說得這麼重，肯定是之前韋捷盛氣凌人，逼柳逢春交人，不交人休想開門做生意，將柳逢春趕入窮巷。

在這樣的情況下，柳逢春擺出「寧為玉碎，不作瓦全」的姿態，與其屈辱地苟且偷生，因韋捷賠上聲譽，何不拿秦淮樓來作賭注，看韋捷是否有令秦淮樓結業倒閉的能耐。

像秦淮樓般在西京數一數二的青樓，權貴士子趨之若鶩，是個金漆招牌，與西京當權者的關係千絲萬縷，身為經營者的柳逢春，朝內、朝外，吃得開不在話下，本人亦有一定的江湖實力，不容輕侮，惹得他拚死報復，可不是說笑的。

柳逢春被邀參加國宴，可見他在西京的地位。其老辣盡現於挑符太的「醜神醫」求救，曉得目前京城內，敢與韋族外戚直接衝突者絕無僅有，「醜神醫」恰為此人。論玩手段，不可一世的韋捷實瞠乎其後。

韋捷心胸之狹窄，於韋族內也少見，韋溫比他圓滑多了。

前三人中間的頭領，記起甚麼的朝後面站在臺階處的己方人打個手號，一人轉身入主堂，通報韋捷。

頭領者跨前一步，敬禮，尚未開腔說話，給符太打手勢著他閉口。

果然該是韋捷的聲音傳入符太耳內，道：「柳老闆勿給本駙馬本末倒置，混淆是非，今趟是本駙馬第三趟到秦淮樓來，每次均依足紀小姐規矩予以預約，卻沒一次不吃閉門羹，令人忍無可忍，既然如此，柳老闆不如把秦淮樓關掉。」

接著是有人湊在韋捷耳邊說話，打斷了他的強詞奪理。

符太沒大混蛋的順風耳，勉強聽到提及「王庭經」之名。

符太知是時候，舉步前行，警告道：「誰敢攔阻，勿怪本人無情。」

區區家將，誰敢攔截李顯恩寵的大紅人，又是挾河曲大捷之威而回的醜神醫，只好留待主子去應付。

慌忙讓路。

符太步上臺階，直入主堂。

主堂內除沉重的呼吸聲，再沒其他聲音。

符太步入主堂，入目情景，瞧得他叫絕喊好，大讚柳逢春高招。

剛才從堂外運功竊聽所得印象，還以為兩方人馬對峙，劍拔弩張，一言不合，立即大打出手，事實卻是另一回事。

駙馬爺韋捷、「青樓大少」柳逢春，對坐主堂中央大圓桌的兩邊，桌面放置了兩套精美的茶具，還有以小爐慢火保持溫熱的兩壺香茗，如果韋捷是純粹光顧的貴客，便是以茶待客的格局。

韋捷後方，高高矮矮的立著十五個家將，包括進來通報的手下，這批人裡，至少有五個當得上江湖一流好手的級別，實力強橫，與把門的嘍囉不可同日而語。

柳逢春身後空空蕩蕩，沒半個隨從，整座大堂，除他之外，不見婢僕。青樓大少是單槍匹馬，以至弱對至強，如若韋捷恃強動手，便是人多欺人少，也難找藉口編柳逢春罪名。

當然，柳逢春開得青樓，本身絕非善男信女，眼前亦可以是擺空城計，將實力隱藏起來，一聲令下，秦淮樓一方的人馬，可從主堂後門蜂擁而來。不過，那就是下下之計。

符太入堂的一刻，引得所有人目光全往他投來。他不知多麼希望可以立即動手，殺韋捷和家將們一個措手不及，落花流水。然而，為了柳逢春和他的秦淮樓，卻清楚宜靜不宜動，任何武力均不利目下的情況。

柳逢春長身而起，施禮道：「太醫大人光臨，是我秦淮樓的榮幸。」

符太謙虛道：「哪裡！哪裡！大少太客氣哩！」

接著哈哈笑道：「還以為到大少這裡來，見的盡是漂亮的姐兒，豈知由外門走到這裡來，全是佩劍揹刀、凶神惡煞的大漢，還攔路打人，幸好本太醫尚懂幾手拳腳，否則只能橫躺著進來。」

韋捷一方雖人多勢眾，可是主子未開腔說話，人人噤若寒蟬，至乎不敢在神情上有絲毫惡意的表現，例如以目瞪視，又或吆喝作態，憋得不知多麼辛苦。

韋捷本人則非常尷尬，不知該如何反應。其他事韋捷或許不清楚、不理會，可是對醜神醫在宮廷的特殊地位，知之甚詳，連他倚仗為大靠山的韋后亦不敢得罪，他韋捷算甚麼。

且是在最不該的時候冒犯醜神醫。

際此舉城歡騰，慶祝河曲大捷的三天之期內，吃了豹子膽仍不敢冒犯凱旋而回的大功臣。

符太來到大圓桌一邊，往韋捷瞧去，訝道：「這位是……」

「青樓大少」柳逢春瀟灑從容的道：「我真的糊塗，見太醫大人到來，心中歡喜，忘掉禮節。這位是當今駙馬爺韋郡王，柳某還以為與大人是素識。」

不論韋捷如何不情願，仍不得不站起來施禮問好。他營造出來的威壓之勢，立告煙消雲散。一眾手下，不知該繼續立在那裡丟人現眼，還是找個地方遠遠的躲起來。

韋捷乾咳一聲，道：「下人有眼不識泰山，冒犯大人，請太醫原諒。」

符太欣然道：「鄙人才從河曲回來，剛才遇上的，實微不足道，豈會放在心上，駙馬爺放心。不過，駙馬爺宜管束手下，攔門可以，卻絕不可傷人，換過不是鄙人，肯定已弄出人命。」

韋捷聽得冷汗直流浹背，只是這個要取王庭經之命的罪，已屬彌天大罪，自己或不用斬首，但肯定絕緣於任何職位，更不用說是右羽林軍大統領的重要軍職。忙道：「韋捷必謹記大人教誨，回去後嚴懲犯事者。」

符太欣然道：「不用哩！鄙人已代駙馬爺教訓了他們，保證沒幾天工夫，休想如常吃飯、走路。」

韋捷有多沒趣便多沒趣，尤令他難堪的，是當著柳逢春和一眾手下面前被折辱，又須忍氣吞聲，還要謝符太代他出手嚴懲下人。

柳逢春打圓場道：「太醫大人請坐，大人難得與駙馬爺巧遇，把酒談心，不亦樂乎。」

韋捷心知肚明待下去是自曝其醜，趁機告辭離開。確是乘興而來，敗興而返，鬧了個灰頭土臉。

韋捷去後，柳逢春立即開門做生意，符太本要離開，然柳逢春對他不知多麼感激，力邀他入樓參觀。盛情難卻，符太只好陪他走幾步，也因對這座等若鬧市裡的世外桃源，生出好奇。

兩人沿小秦淮河漫步，兩岸美景，層出不窮，加上因剛啟門就被韋捷的人佔據入口，不准其他客人入內，此時偌大的亭臺樓閣，只有少許打掃的婢僕，異乎平日入夜的秦淮樓，份外空靈閒適。

柳逢春感激的道：「全賴大人仗義幫忙，否則韋捷下不了臺時，不知如何了局。」

符太好奇問道：「他可以幹甚麼呢？動粗嗎？」

柳逢春冷哼道：「諒他不敢，傳出去他將聲譽掃地。橫蠻如安樂，做惡事亦偷偷的做，只是紙包不住火，傳了開去。武則天遺下的法規，一直由陸大人在西京嚴格執行，然人去法弛，韋捷才敢這麼放肆，幸好韋捷對成王李千里很有顧忌，否則我的女兒早沒有了。」

符太問道：「大少有否擔心我不來，又或來遲了？」

柳逢春笑道：「真的沒擔心過，我柳逢春別的不行，看人卻有幾分本事，何況我還有一著，就是告訴那小子，今晚會招呼太醫大人，希望他沒攔錯人。」

兩人對望一眼，同時放聲大笑。

經過今晚的事，以後韋捷要來秦淮樓撒野，首先須考慮自己有否足夠斤兩去惹醜神醫。

符太信心十足的道：「一天他未坐上大統領之位，貴樓一天平安無事。」

柳逢春苦笑道：「坐上又如何？」

符太輕描淡寫的道：「我會勸大少立即結束秦淮樓，還要有那麼遠，走那麼遠，因西京再非宜居之地。不過！技術在此。」

柳逢春一頭霧水的道：「甚麼技術？」

大混蛋的「技術就在這裡」，沒多少人聽得明白，但非常貼切好用，可涵蓋所有情況，令人能針對性的深入思考。

符太道：「大少以為事件結束了嗎？剛好相反，是才開始，但已轉移往我和他的鬥爭去。他奶奶的，這小子這麼蠢，破漏百出，勿要給老子找到他把柄，可令他永不超生，為大少去此禍患。」

柳逢春估不到他看得這般高遠，登時對他刮目相看，也更不明白他。

符太看他神情，猜到他的想法。心忖自己這個勞什子怪醫，在外人眼中肯定奇人異行，即使皇帝、皇后，無人敢不給他面子，卻是不慕權勢名利，偏又在皇宮內混日子，今回更遠赴河曲做「軍醫」。坦白說，連他符太也不知該如何形容自己。道：「若我所料無誤，西京短期內有大變，大少閒事莫理，韜光養晦，可保無恙。」

柳逢春乃老江湖，不敢追問，點頭表示明白，道：「坐下喝杯水酒如何？」

符太道：「喝一杯後，老哥須放我走。」

他罕有這麼好相與的，然不知如何，卻與柳逢春相當投緣，不單肯幫他忙，也愛和他談天閒聊。究其因，或許因屬首次接觸青樓中人，對他們生出好奇。

柳逢春笑道：「太醫說笑哩。」

又壓低聲音道：「大人真的是首趟到青樓來？」

符太點頭。

柳逢春道：「如此有關大人的傳言，是真的了。」

符太給引起興趣，問道：「甚麼娘的傳言？」

柳逢春道：「到青樓來的朝廷中人，提起太醫，均豎起拇指讚不絕口，說太醫別具魅力，能令宮內公主貴女們爭相獻媚，然太醫守正不阿，不為所動。」又歎道：「事實上昨晚赴國宴時，我已對此深信不疑，眼見為憑呵！」

符太沒好氣道：「大少以為老子不喜歡女人嗎？」

柳逢春忙道：「怎敢？只是敬仰太醫大人的風骨氣節。」

接著低聲道：「在這裡，我柳逢春見盡各式各樣的人，平時道貌岸然的，到這裡來後變成另一個人。然而，像太醫般趕著走的，恐怕除范爺外，得太醫一人！」

柳逢春有項本領，就是說話坦誠直接，令人聽得舒服。

符太失笑道：「老子非是不好色，只是沒其他人那麼好色，在這方面比范爺有定力多了。哈哈！」

柳逢春大喜道：「這就成哩！」

符太愕然道：「成甚麼？」

柳逢春誠懇的道：「大人今次實在沒有責任來幫秦淮樓這個大忙，在這之前，我已四處求援，對方聽到是韋捷後，人人表示愛莫能助，管他與柳某人交情有多深，而我亦難怪責他們。惟獨太醫大人主動幫忙，柳逢春將銘記於心。」

稍停，接著道：「我柳逢春唯一可回報大人的，就是在樓內安排小小的一場夜宴，讓柳逢春可敬大人兩杯水酒，以示心內感激之情，大人萬勿推卻。」

符太心忖如這番話在秦淮樓大門外和他說，肯定拒絕，可是在小秦淮夜色如畫的岸邊，由秦淮樓大老闆盛意拳拳的娓娓道出，別具誘人魅力，令符太生出尋幽探勝的好奇心。是那種試一趟無妨的心態。

「青樓大少」拿得出來款待他的，肯定大有看頭。

柳逢春又道：「青樓最引人入勝處，是避世的功能，在這裡發生的，限於這裡，沒人曉得發生過甚麼事，永遠不傳出去。當然有例外，但卻是柳某一向秉承的宗旨。」

符太道：「若三天三夜都在這裡度過，不用傳出去，別人也曉得在這裡幹甚麼。」

柳逢春大笑道：「恐怕未足一天，皇上已派人來找大人。」

符太啞然失笑，道：「若然如此，定是韋捷那小子去通風報訊，不過依我看，他該沒那膽子，因首先須解釋為何在這裡遇上我。」

柳逢春歎道：「那小子垂頭喪氣的模樣，包保沒人見過，給整治得比范爺那趟更慘。大人請！」

符太隨柳逢春，進入景觀最佳的臨河樓閣裡去。

第七章　一個奏章

龍鷹收《實錄》入懷，心裡感觸。

宮廷和西京的生活，正逐步同化符太。當然，不可能將他徹底改造，但至少使他肯去接觸以往絕不沾手的事物。

秦淮樓的感染力強大無匹，只要有點感覺，都願意一嘗從都會的繁囂、宮廷的鬥爭惡戰抽脫出來，忘掉一切地體會溫柔鄉的滋味。像擁有紀夢般才女的秦淮樓，自有其高尚雅樂的一面，故能令騷人墨客趨之若鶩，度過不平凡的晚夜。

由此方向觀之，李顯夜夜笙歌的宮廷宴會，與青樓文化殊途同歸，然而過猶不及，若嗜之成癖，可令人傾家蕩產；發生在一國之君身上，則國勢傾頹。而這已成帝皇必入的歧途，不論即位時如何奮發有為，最後仍是那個收場。

只好玩樂的君主，親小人，遠賢臣，必然事也。

符太詳細敘述在秦淮樓內的情況，顯示他在動筆時，仍記憶猶新，印象深刻，書之於《實錄》，作回想和抒發。

他很想讀下去，看大少拿甚麼好東西來招待符太，卻恨馬蹄聲自遠而近，然出奇地不聞車輪磨地的聲音。

龍鷹的「范輕舟」沒有官職，不能自由出入宮禁，故此每趟入宮均須接送。如來的是高力士的人，駕的例該為馬車，聽不到車輪聲，令他奇怪。

十多騎馳入花落小築的外院門，領頭的赫然是剛榮登右羽林軍大統領之位的楊清仁。

龍鷹怎樣猜，仍猜不到來的是他。

兩人並騎而馳，約束聲音說話。

宇文朔返宮，碰著高力士和楊清仁密斟，後者曉得須派人去接「范輕舟」，自動請纓，將此任務接過去。

以老楊現時的貴人事忙，且為新貴，當然是有緊要事找「范輕舟」商量。

楊清仁歎道：「唉！很頭痛。」

龍鷹訝道：「人事上有阻滯嗎？」

楊清仁當足龍鷹的「范輕舟」為夥伴戰友，吐苦水道：「沒阻滯方稀奇，但早在預料之中，令我煩惱的是其他事。」

龍鷹問故。

楊清仁道：「你有聽馬秦客這個人？」

龍鷹道：「第一次聽。」

楊清仁道：「此人乃娘娘兩個男寵之一，另一人叫楊均。馬秦客精醫術，楊均為烹飪高手，都極得娘娘恩寵。」

龍鷹聽得頭皮發麻，失聲道：「這麼快有男寵，且不止一個？」

楊清仁哂道：「娘娘四十歲上下的年紀，正值虎狼之年，一個怎夠？」

龍鷹道：「可是男寵之外，尚有奸夫。」

楊清仁道：「兩人如何混入後宮接觸娘娘，自是有人穿針引線，然人人語焉不詳，或因避忌，故此我們這般的外人難悉其況。可以猜到的，是不出武三思、宗楚客二人，又或兩人共謀，將馬秦客、楊均安置到娘娘身邊，分擔他們的辛勞。」

這方面，龍鷹比楊清仁知其脈絡，道：「依我看，此事發生在武三思和宗楚客交惡之前，人是宗楚客提供，其餘由武三思安排。難怪武三思遇害前，與韋后漸行漸遠。」

又問道：「究竟是甚麼事？」

他早想到是怎麼一回事，卻不得不問，看楊清仁曉得多少。

楊清仁道：「於王太醫赴北疆期間，娘娘安排兩人到麟德殿伺候皇上，一人照顧皇上身體，另一負責飲食，頗得皇上歡心，成為寵臣，平時可出入宮禁，至今仍然如此。」

龍鷹心忖有關此二人的事，問高力士可一清二楚。

楊清仁問道：「范兄擔心的，是否和我擔心的相同？」

兩人偕隨從的十二個右羽林軍馳出興慶宮，左轉往朱雀大門走。

龍鷹歎道：「此事如河間王遇上人事重新佈局的阻滯般，盡在意料之內，外人難有辦法。」

馬秦客和楊均任何一個位置，要發動混毒的下半部，莫不易如反掌，除非李顯肯驅逐兩人，否則無從防備，但亦為打草驚蛇。

宗楚客的老謀深算，令人咋舌。

由此可見捧楊清仁上大統領之位，其可發揮的作用，亦非事前想像得到。

楊清仁歎道：「確有想過，但仍未想過可隨時發生。」

楊清仁擔心的不是李顯的生死，而是他有否足夠的時間，坐穩大統領之位。

楊清仁坐入現時的位置，當想過和「范輕舟」等聯手，盡量延長李顯在位的日子，驟然發覺韋宗集團在這方面早有佈局，唯一辦法是來找「范輕舟」商量，看有否應付之策。大明宮內的事，不到他去管，靠的是像王庭經、宇文朔、宇文破這群可貼身伺候李顯的心腹親信。在楊清仁眼裡，「范輕舟」現在這般的去見李顯，正為良機。

直接觸發的，是「范輕舟」向无瑕揭破田上淵大明尊教的身份，令楊清仁一方聯想到混毒之技，可殺人於無影無形，引起他們的危機感。

楊清仁道：「眼前便有個危機。」

龍鷹亦感頭痛。

李顯的命運是注定了的，可是若過早發生，他們多方面的計劃恐將胎死腹中。例如吐蕃的和親，不知如何向橫空牧野交代。

幸而，李顯的死期，可以調校，關鍵在今晚的和頭酒。

問道：「何事？」

楊清仁道：「有個地方上芝麻綠豆的小官，許州參軍燕欽融上書，列數娘娘、安樂、武延秀、宗楚客等人的罪狀，昨天送到皇上手內，掀起大風波。」

龍鷹奇道：「這麼的一個奏章，竟不被截著？」

說話時，通過朱雀大門，進入皇城。

天上忽落下毛毛細雨，將皇城、宮城，籠罩在氤氳水氣裡。

楊清仁道：「是機緣巧合，或命中注定，這段日子，皇族一方與韋宗集團相持不下，形成漏洞空隙，情況紊亂。兼之燕欽融在奏章上耍點小手段，混在普通民事奏章裡，經手的又是有心放行的魏元忠，因而可入皇上之手。」

龍鷹沒興趣弄清楚細節，道：「這樣的奏章，說的是事實又如何，最後還須李顯點頭，對嗎？」

楊清仁道：「范兄知其一，不知其二。簡單的說，是這兩句話，適用於皇上，皇上等於蓋璽簽押的傀儡，壓根兒不曉得批核過甚麼，又或不經思索的批出去，以為是雞毛蒜皮的瑣事，到忽然有人將韋后、安樂等的所作所為詳細羅列，以李顯的愚蒙也吃不消，加上政變一事，如火上添油，令李顯認識到，如此下去，可敗盡大唐的家當。」

龍鷹好奇問道：「除賣官鬻爵外，還有何罪狀？」

楊清仁道：「罄竹難書，難以盡數。燕欽融最能打動皇上的地方，是說出每件事的弊害和後果。」

吁一口氣後，接著道：「如因行賄買官來做的所謂『斜封官』，根本是不必要的冗員，令官員的數目膨脹，大幅拖低官員的質素，效率成不住下行之勢，妨礙政治措施的執行貫徹，因此而來對國家的損害，燕欽融以事實一一列舉，令皇上觸目驚心，不找娘娘和宗楚客，卻召長公主和相王到他御書房商議，便知皇上震駭的程度。唉！又有這麼昏庸的蠢皇帝。」

楊清仁此時說的，乃龍鷹感知外的事。

楊清仁言猶未盡，道：「范兄可知李顯登基後，修建了多少佛寺，連長公主也有份兒。」

大唐的國教本為道教，可是自武曌掌權後改為崇佛，李顯則凡母皇之業，全盤承接，令崇佛的熱潮沒絲毫減退之象。

楊清仁不厭其詳的算李顯的帳，還破天荒批評太平，是要突顯他爭江山的正確性。假若他是真皇族，現在便是向「范輕舟」慷慨陳詞，爭取「范輕舟」的認同。

楊清仁接著道：「皇上本人，興建了永泰寺、聖善寺；長公主建罔極寺；安樂建的安樂寺規模最大，花費也最鉅，令國庫空虛，負擔被強加到百姓身上。誰看得過眼？但只有燕欽融敢說出來。」

龍鷹道：「燕欽融豈非連皇上的帳亦一起算，李顯怎肯認錯？」

楊清仁道：「這牽涉到韋后干政的問題，兩座佛寺都是韋后提議興建，借李顯的名義行之。燕欽融特別指出，韋后干預朝政，已成街知巷聞的事，其淫亂醜聞更傳遍全國。終有一天，李唐將敗在淫后之手。」

龍鷹明白過來，若無政變之事，李顯可當作耳邊風，可是政變後他被架空的情況仍記憶猶新之際，忽然讀到燕欽融的奏章，當頭棒喝，醒轉過來。

他終明白到楊清仁指出的危機。

今天李顯向韋后發難，將見不到明天的太陽。

此為先發制人的道理。

他奶奶的，怎想到有此一日，楊清仁的危機，也成為他龍鷹的危機。

問道：「長公主、相王，對此有何提議？」

楊清仁道：「他們都不敢說話。」

龍鷹失聲道：「甚麼？」

楊清仁冷然道：「須分開來說。以相王論，是猶有餘悸，當日太子叛變時，確實力強橫，聲勢浩大，且得人心，門關開放，卻竟然不堪一擊，敗得迅快慘烈。現時形勢大異其時，范兄道相王怎麼想？」

龍鷹暗忖，相王李旦的「挺身而出」，支持太子李重俊除韋后、清君側，可說是平生首次這般有勇氣，皆因有名將如李多祚者主持大局。可是宗楚客「射人先射馬，擒賊先擒王」，以混入太子集團的「奪帥」參師禪，於兵荒馬亂之際飛輪割掉李多祚首級，太子軍立即崩潰，兵敗如山倒。以李旦懦怯的性格，在現今一面倒的情勢下，豈敢造次？楊清仁看得透徹。

龍鷹道：「聽說相王是夜亦成攻擊的目標？」

楊清仁雙目閃動奇異的神色，訝道：「范兄竟不清楚當晚興慶宮被攻打的情況？」

龍鷹首次慶幸未讀畢《西京下篇》，因的確不曉得，同時記起台勒虛雲說過的，如他是宗楚客，不但永不許相王五子返京，還要將他們逐一殺掉，正代表著台勒虛雲一方，對相王五子生出警覺。

楊清仁此刻特別提起此事，是希望從他身上得到有用的情報。

答道：「小弟和相王府一向沒有來往。」

楊清仁道：「當晚兵荒馬亂，宮內、宮外亂成一片，百姓躲在里坊內，故此興慶宮發生過甚麼事，惟當事人清楚。我們知道的，是太子的叛軍進入皇城時，田上淵的北幫趁虛而入，兵分三路，攻打大相府、長公主府和興慶宮。」

接著雙目厲芒暴盛，該是憶起那一晚的情景，沉聲道：「大家自己人，清仁不敢隱瞞，是夜等若我們和田上淵間接卻是全面的交鋒，只要我們保得住大相府和公主府，不論形勢如何發展，我們將成為真正的贏家。可惜事與願違，大相府之役令我們損失慘重，且敗得莫名其妙。事後檢討，大相府內該有敵人臥底，像參師禪之於李重俊。」

龍鷹沒想過，兵變的晚上，內裡情況複雜至此。

如楊清仁所形容，是時兵荒馬亂，大相府、長公主府和興慶宮各自成為隔斷通訊的孤島，受到北幫籌謀已久的猛烈攻擊，自顧不暇裡，不曉得其他地方的事。

當時台勒虛雲的佈局，該認為大相府因早駐有重兵，本身防禦力十足，可擊退任何來犯者，故放心不理。當然，亦非全然不理會，而是助長公主府退敵後，可立即赴援。豈知大相府被破得慘烈迅快，大出台勒虛雲一方料外，令他們無從施援。

現時回想，曉得田上淵一方確實力強橫，只是新近來投靠北幫的突騎施高手，已是可怕的戰士團，個個身經百戰，殺人如麻。不過，大相府縱然不敵，仍沒道理敗得這麼快、這麼慘，情況有點像「獨孤血案」的重演，故此楊清仁認為另有內情。

龍鷹腦海泛起用牙齒咬著從車窗吹射出來那根毒針的情景和感覺。

會是她嗎？

想打入大相府的家將團隊豈是容易，來歷不明者絕無可能，但女色正是武三思的大破綻，若以毒針行刺龍鷹的，確被符太猜中，乃九卜派的單傳，又貌美如花，由她向武三思施展美人計，大有可能。

對李旦，大江聯採截然不同的態度，是恨不得他和五個兒子被幹掉。可是，真的如此嗎？自己是否太武斷了？

至於因何李旦不在他芙蓉園的相王府，到了興慶宮去，就非讀《實錄》不可。

幸好台勒虛雲沒法掌握田上淵攻打興慶宮的情況，不明白憑何抵擋有備而來的敵人，當時宮內唯一為人所知的高手，只得太少的「醜神醫」。然而，此亦為自己想當然矣。

或許是這種模糊性，提供無限想像，例如攻打興慶宮的敵人的實力，遠在攻打大相府和長公主府的力量之下。

田上淵和宗楚客的三大目標，自以武三思為主，應由他親自領軍。長公主府有台勒虛雲、无瑕、楊清仁等高手護持，田上淵親臨仍難以討好。可是李旦能守得住興慶宮，變成令人不解的謎團。陰差陽錯下，龍鷹壓根兒不清楚發生過甚麼事，故能表現得恰如其份，令擅於觀人的楊清仁，被他騙過。

確險至極，如他當時稍現「知悉情況」的神色，足令楊清仁認定他「知情不報」。

總結宗、田兩人的戰績，雖成功除掉武三思，又清除李重俊及其羽翼，奪得京師的控制權，但留下李旦和太平兩個皇族的重要人物，令深感危機的李顯有倚仗以之抗衡韋宗集團的人，因而形成今天的形勢，怎麼算仍是未竟全功。

龍鷹沉聲道：「或許就是昨天黃昏時，助田上淵刺殺小弟，透車窗吹出毒針的人。」

楊清仁動容道：「范兄憑何作此臆測？」

進入承天門。

龍鷹道：「純為直覺。」

稍微猶豫，方接下去道：「當時小弟有個直覺，是偷襲者是個年輕女子。不知如何，當河間王提出或許有內奸混進大相府內，我想起了武三思好色的弱點。嘿！我的感覺向來靈驗，不知救過小弟多少次了。」

楊清仁有點哭笑不得的點頭同意，道：「毒針給无瑕撿了，希望可從毒性猜到針主的身份。」

龍鷹見他這麼「夠朋友」，道：「或許小弟有方法，為河間王爭多點時間。」

楊清仁精神大振，喜道：「願聞之！」

第八章　參軍上書

麟德殿。中園。

李顯不勝欷歔的道：「當年在洛陽，大相給朕引見輕舟，輕舟以『天竺神咒』治好朕的頑疾，令朕有如夢初醒的感覺。唉！現在可讓朕說心事的人，愈來愈少，想到和大相陰陽相隔，人生無常，令人低迴感歎。」

李顯龍顏蒼白，有種病態的萎靡，說時雙目隱泛淚光，語調荒寒悲淒。

龍鷹陪這位大唐之主在中園漫步，此為李顯習慣，午睡醒來，在殿園緩步一陣子。

李顯又道：「施展『天竺神咒』後，輕舟耗盡心力似的，睡了一大覺方回復精神。那時朕並不明白，現在卻明白了，用心力確使人非常勞累，那個疲累是沒法說出來的，感覺是若再想下去，如春蠶吐絲，至死方休。」

宇文朔和十多個貼身御衛護從，最接近的宇文朔亦在十丈之外，對龍鷹，他當然絕對地放心，也讓兩人有說心事話的機會。

龍鷹有個直覺，就是李顯現時只相信由武三思引介，或與武三思有關係的人，例如自己，佔上了李顯此心態的便宜。除這個分類的人外，便是有血緣或與女帝有關係者，例如他的皇弟、皇妹，又或上官婉兒。後者不但為女帝的貼身女官，更屬武三思的陣營。此之外，與湯公公有關係的，如高力士，也得他信任。

想想，當皇帝如李顯般，實可憐可歎，本屬同命鴛鴦，曾甘苦與共的妻子，竟成最可怕的敵人。以前他仍可自我欺騙，可是燕欽融的上書，當頭棒喝，驚醒他的迷夢。

若沒猜錯，李顯壓根兒不曉得國庫耗盡，不論武三思或宗楚客，只報喜，不報憂。李顯讀燕欽融的上書時，認識真相，禍源竟是妻女，確情何以堪。

更難堪的是，他身為皇帝，竟訴說無門，皆因所有敗家禍國之事，均由他親手批核，不經朝廷官署，造成國庫超度支出，受役的百姓怨聲載道，長此下去，必出大禍。

正因燕欽融赤裸裸揭露韋后和宗楚客等的禍國殃民，令他驟然驚覺，不由聯想到「范輕舟」的「天竺神咒」，因而有這番說話。

他真的醒過來了嗎？

燕欽融的上書，來得是時候，就在惡后、權臣勢力膨脹，架空李顯皇權之際，而武三思死得不明不白，更是一根椎心的利刺。

直到此刻，龍鷹可以理解，仍沒法設身處地體會李顯對武三思的感情。「神龍政變」後，正因張柬之等人一意誅除武三思及其武氏子弟，令李顯疏遠這群正直的朝廷重臣，最後且採武三思之議，明陞實貶，藉封王將他們架空，逐之離京。

「輕舟！」

龍鷹應道：「輕舟在。」

李顯立在荷池旁，龍目朝他瞧來，射出堅決的神色，沉聲道：「輕舟旁觀者清，告訴朕，誰是朕可倚仗的忠臣？」

龍鷹心裡感慨，這句話問得太遲，應在「神龍政變」之後問，當他選擇了武三思，一切已成定局。

現時論朝政，盡入韋宗集團之手。

朝臣全為韋宗集團的人，僅有「身在曹營心在漢」，又有能力的重臣魏元忠，卻成待罪之身，再難發揮作用。

李顯到今天仍坐在這個位子，全賴宇文破和飛騎御衛的效忠，然而，可肯定的是，飛騎御衛裡有多少人被韋宗集團收買，無從估計。

楊清仁的憂慮，非是杞人憂天，他需要的是時間。

問題在宗楚客不可能看不到箇中關鍵，不會容許楊清仁坐大。

李顯的龍命，危如累卵。

以台勒虛雲的智慧，他如何處理眼前的危機？

龍鷹啞口無言。

李顯不單沒怪他，還大感欣慰的道：「換過別人，肯定立即向朕推舉於其有利的人選，視之為良機，惟獨輕舟不謀私利，故此說不出這個人來。」

龍鷹沒想過李顯可有這麼一番說詞，大感驚訝，暗忖這該為皇帝心態，疑神疑鬼，常人怎會這麼想？不過，真的難怪李顯朝這方向想，剩瞧韋、宗兩人竭力推薦的韋捷是何等貨色，便明白李顯此特殊心態是被培養出來的。

李顯頹然道：「朕竟無一可倚仗的人？」

龍鷹更不知如何答他。

湯公公「臨危苦諫」的「四不」，李顯犯了兩個，就是五王和太子均成明日黃花，再不復存。剩下的惟只高力士和王庭經，均難發揮抗衡韋宗集團的作用。

燕欽融乃「壓倒駱駝的最後一根稻草」，雖然人微言輕，但字字重若萬鈞，令李顯驀然驚醒，感覺到皇權被嚴重威脅。

假設李顯肯依足龍鷹指示，非是全無絕地反擊的機會，起碼可做的，是立即將擅醫術的馬秦客、擅烹飪的楊均，驅離大明宮，又把麟德殿的侍臣、宮娥，換上高力士的人，令韋、宗的混毒之計，無從下手。

可是，龍鷹須先了解馬秦客、楊均兩人與李顯的關係，方能決定如何處置。

不過，這就是一時衝動下的感情用事，於政治鬥爭為大忌。

龍鷹早領教夠李顯的反覆無常，其優柔寡斷，可累死支持他的人。

為了「長遠之計」，龍鷹須變得鐵石心腸。說到底，眼前敗局，是李顯一手造成，自吃苦果。

純從功利考慮，李顯刻下的心態，對龍鷹有利無害，直接得益的是與吐蕃和親的事，間接受益者，則為李隆基。

只要李顯仍記得燕欽融所羅列韋后、公主們的罪狀，絕不肯為她們簽押任何東西，等於中斷了她們的財路。

在這樣的情況下，「財力雄厚」，又一心賄賂的李隆基自然大受歡迎，吐蕃和親的事水到渠成。

李顯喃喃道：「大相是給害死的。」

龍鷹給駭了一跳，李顯怎會變得這麼精明，語氣肯定？

道：「皇上何有此見？」

李顯朝他瞧來，悲切的道：「昨夜我夢見大相，他七孔流血，從地上爬過來，咬著朕的袍角，接著朕就醒過來。」

龍鷹聽得整條脊骨寒慘慘的，心忖武三思難道化為厲鬼，報夢李顯，著李顯為他報仇？還是要警告李顯，他龍命不會長久，快與他相會？

下一刻他將此想法排於腦外，太可怕了，不是活人該想的東西，想多了，今晚也「日有所思，夜有所夢」，便非常糟糕。

應為李顯雖被老宗蒙蔽，然而心內對此事一直有懷疑，化為夢境。

李顯續下去道：「輕舟懂解夢嗎？」

龍鷹心內寒意未過，怵然道：「這方面小民一竅不通。」

李顯目光投往荷池，眼神空洞，顯然沉浸在某種情緒裡，搖頭道：「沒道理的，朕已親自拜祭了他，理該安息。」

龍鷹知他指的是以自己兒子的首級，去祭祀武三思之事，暗歎一口氣，卻說不出安慰的話來，因心中不同意他的行為。說到底，李重俊是給李顯間接害死的。

李顯的聲音在他耳鼓內響起，道：「輕舟可以給朕查明真相嗎？」

龍鷹終明白李顯因何急著見他，臉色這麼難看，見到他時又說起當年在洛陽的舊事，因他的龍心內，正思念武三思。

當皇帝當到這個樣子，非常可憐，竟不敢下旨徹查，只可借助自己這個江湖人，又原屬武三思陣營者，暗裡為他辦事。

這是龍鷹不可以說不的事。

忙道：「皇上有令，小民赴湯蹈火，在所不辭，但必須皇上配合，方有辦得到的可能。」

李顯道：「朕如何配合？」

龍鷹道：「皇上明鑒，此事必須絕對保密，不可傳出半點風聲，否則便不靈光。」

李顯一怔道：「輕舟難道已曉得是誰幹的？」

龍鷹明知漏口風，亦不得不這麼說，因如讓韋后收到風聲，知李顯將心裡的懷疑和外人說而非對她說，大有機會惡向膽邊生。當她將此事轉告宗楚客，等若逼他提早向李顯下毒手，也因「范輕舟」沒告訴他，而對「范輕舟」生出懷疑。

凡此種種，有百害，無一利。

現時宮內形勢的混亂和複雜，超乎任何人的掌握能力。韋后佈於李顯身旁，馬秦客和楊均兩顆棋子殺著，更是龍鷹也應付不來。

真想直接趁機問李顯，卻苦忍著。

搖頭道：「小民並不知道，可是皇上委小民此重任，當是看重小民的江湖手段，依小民一向作風，必須秘密行事，如若此事不能限於皇上和小民之間，一旦打草驚蛇，便不靈光。皇上明察。」

李顯雙目現出希望的光芒，點頭道：「對！對！輕舟有道理。」又自言自語的道：「朕定要見此人。」

龍鷹暗吃一驚，猜到他想見誰，忙道：「皇上要見何人？」

李顯醒過來般，曉得將心裡想的說出口來，答道：「沒甚麼。輕舟至緊要把朕所託之事辦好，朕必重重有賞。」

宇文朔送龍鷹離開，見他眉頭緊皺，臉色陰沉，訝道：「皇上和范兄說過甚麼？」

龍鷹道：「高大在哪裡？」

宇文朔道：「他該到了娘娘那邊去。究竟是甚麼事？」

龍鷹在兩座殿堂間的曠地止步，偕他走到一旁，道：「剛才來時，楊清仁向我提及馬秦客和楊均兩人，指他們是娘娘的男寵，佈置在皇上身邊，你聽過他們嗎？」

宇文朔失聲道：「娘娘的男寵？」

龍鷹道：「他是這樣說的。」

宇文朔皺眉道：「他是否言過其實？據我所知，馬、楊兩人是洛陽『神龍政變』前，由武三思推介予當時仍為太子的皇上，忠心辦事，極得皇上寵信，沒聽過他們與娘娘有姦情。」

龍鷹道：「楊清仁沒道理騙我。我們邊走邊說。」

兩人重新舉步。

宇文朔道：「宮內的事，惟有問高大，若他不曉得，沒人知道了。」

龍鷹苦笑道：「老宗這著確厲害，深謀遠慮，藉武三思行事。」

宇文朔雙目殺機遽盛，道：「幹掉如何？」

龍鷹歎道：「你又忘了我們的『長遠之計』。」

宇文朔頹然若失，陪他歎氣。

說話間，兩人進入主殿前的大廣場，一輛馬車停在中央，非常顯眼。

宇文朔一怔道：「該不用我送哩！」

坐在車內的大才女，透車窗向龍鷹招手。

上官婉兒淡淡道：「范爺可曉得燕欽融上書的事？」

龍鷹道：「皇上要見他。」

上官婉兒失聲道：「甚麼？」

收回投往車外的目光，往龍鷹瞧來，玉容失色。

龍鷹道：「我是剛才得河間王告知，方知有這麼的一個人。早前與皇上說話，他衝口說出『定要見此人』的一句話，雖未明言是燕欽融，可是除燕欽融外，尚有何人？」

上官婉兒恍然道：「今早皇上沉默不語，落落寡歡，原來有心事。唉！怎辦好呢？」

龍鷹道：「娘娘已曉得此事？」

上官婉兒苦惱的道：「人家正是為此事須和你說話。」

龍鷹訝道：「發生了甚麼事？」

上官婉兒道：「皇上讀了燕欽融的上書兩遍，接著的個多時辰，呆坐不語，然後命人召相王、長公主來見他。」

龍鷹待她說下去。

上官婉兒續道：「見過相王和長公主後，皇上將奏書交給婉兒保管。」

龍鷹道：「竟失去了？」

上官婉兒搖頭道：「翌日回宮，奏書仍鎖在櫃裡，可是……唉！給人讀過了。」

見龍鷹呆瞪她，解釋道：「婉兒在奏書封口黏了根頭髮，開櫃查看時，封口的頭髮斷了。」

龍鷹聽得頭皮發麻。

上官婉兒道：「鎖頭完整，櫃內其他卷宗各就原位，表面看，沒任何搜尋過的跡象，可見偷閱者是箇中高手，受過這方面的訓練，在宇文統領安排下，麟德殿保安之嚴，為大明宮之最，能行事者，肯定是住在殿內的人，就是只有輪值伺候皇上的妃子、侍臣和宮娥，人數逾二百之眾。」

龍鷹心裡喚娘，那即使趕走馬秦客和楊均，危機仍在，且打草驚蛇。

可隨時奪李顯龍命的環境成勢成形下，已成回天乏術的局面。

問道：「娘娘和老宗方面有何動靜？」

上官婉兒憂心忡忡的道：「似沒任何事發生。」

龍鷹道：「皇上若要神不知、鬼不覺的召燕欽融來京，在現今的情況下，辦得到嗎？」

上官婉兒答道：「在沒人知情下，或可辦到，現在則肯定辦不到。」

龍鷹再問，道：「大家有否把奏書被偷閱之事，告知皇上？」

上官婉兒歎道：「婉兒不敢。」

龍鷹又問，道：「就當作沒人知情下，可以怎辦？」

上官婉兒道：「可由像高大般的內侍頭兒執行皇上密令，由於高大負責向各地採購宮內所需，與各地有聯繫，可向燕欽融頒密詔，著他進京，再由高大安排燕欽融入宮謁見。」

龍鷹立即頭大如斗，心呼不妙，如此豈非陷高力士於兩難之局。

高力士可以不通知韋后嗎？

通知是背叛李顯，不通知等於明著告訴惡后，他非是站在惡后的一方。

怎辦好呢？

剛好上官婉兒挨過來，似有話說。

龍鷹拋開一切，探手摟著她的小蠻腰，封上她紅豔的香唇，只有如此，方可暫忘所有煩惱。

親得上官婉兒面紅耳赤，呼吸急促，馬車駛出朱雀大門。

第九章　拼而成象

龍鷹失去魂魄似的在朱雀大街獨行。

馬車跨過漕渠的朱雀大橋後，他放過大才女，下車步行，心內思潮起伏。

李顯細味燕欽融的上書，心內有何感受？縱然輕重有別，李顯實為燕欽融痛陳諸禍的罪魁，難辭其咎，若非皇權受脅，壓根兒永不醒悟，說到底仍是為一己私利。

以昏庸計，他乃史上罕有的昏君，除宮牆內的聲色風流，從不理會外面的世界，休說民間疾苦。哪有一個皇帝，可不看奏章內容，立即蓋璽簽押，令妻女恣意妄為？

一書在手，忽然有人來給他一個總算帳，羅列在他主政下，宮內朝廷的淫亂腐敗，妻女、權臣如何危害社稷，情何以堪？

故而燕欽融雖只地方小官，其上書的震撼、時機，就像將一個長期被蒙著雙眼的人，揭開蒙眼的布條。

「燕書」的關鍵性，正是把李顯與韋宗集團已趨惡劣的關係，推上不可以紓緩、沒法修補的決裂邊緣。

李顯閱畢奏書後，找來最可信賴的皇弟、皇妹，反擊惡后、權臣之意昭然若揭。召燕欽融入京，正是反擊的第一炮。

只恨韋宗集團早成功滲透宮廷，置李顯於嚴密監視下，任何風吹草動，均瞞不過他們，致有「燕書」被偷閱之事。

能在不許留宿的御書房，於以千百計的奏書、卷宗裡偷窺「燕書」者，絕非等閒之輩，不單能避過巡衛耳目，又精於江湖的旁門左道，且須對御書房的情況瞭若指掌。如此這般的一個可怕高手，竟隱藏在深宮之中，直至上官婉兒察覺「燕書」遭偷閱，方驚覺此人的存在。

一天尋不出這個人來，一天他們一方難安寢，也很難說會否影響他們的「長遠之計」。

李顯？

大羅金仙也打救不了他。

形勢之劣，是龍鷹抵京後想像不到的。

進入北里。

離日落尚餘大半個時辰，因如賭坊在預備啟門營業的工作，他報上大名，由負責總務的弓謀接待，表達想見台勒虛雲的心意，順道了解為何找不到宋言志。

原來宋言志奉香霸之命到嶺南去了，至於是甚麼事，宋言志來不及向弓謀說清楚。

通過香霸的安排，龍鷹在水榭與台勒虛雲碰頭。

若非曉得台勒虛雲的宿處，會誤以為他確居於坊內。

兩人在水榭外的臨池平臺坐下對話。

龍鷹先概略向他報告了與宗楚客接觸的情況，今晚老宗為他和田上淵擺和頭酒的事，特別提醒他，事後還要到老宗的新大相府去，與老宗密談，然後入正題。

道：「李顯要召燕欽融入京。」

這句話沒頭沒腦的，旨在測試台勒虛雲對最新情況掌握的能力。

今時異於往日。

楊清仁要職在身，再不像以前般閒著無事，一舉一動又被置於韋宗集團監視下，如仍可將消息送入台勒虛雲耳內，可證明楊清仁和台勒虛雲間，具有高效的訊息傳遞系統。

台勒虛雲唇角逸出帶點不屑的笑意，道：「李顯的膽子愈來愈大。」

一句話，讓龍鷹曉得台勒虛雲掌握一切，除了自己為龍鷹。至乎他的「長遠之計」，眼前可敬又可怕的對手，亦捕捉到如真似幻的風和影，否則不會有該盡殺李旦五子之語。

對著台勒虛雲，步步驚心。

龍鷹沉聲道：「上官婉兒向小弟透露，奏書給偷閱了。」

台勒虛雲動容道：「竟有此事！」

他的震駭，不在龍鷹乍聞時的驚駭之下，可知兩人智慧相埒，故震撼等同。

上官婉兒信任「范輕舟」，理所當然，因視「范輕舟」屬龍鷹的兄弟陣營，又是女帝御批對付大江聯的人物。在與上官婉兒的關係上，龍鷹無須隱瞞。

龍鷹細述其詳。

台勒虛雲用心聆聽，到龍鷹說罷，台勒虛雲點頭道：「輕舟說出此事，對我們非常有用，且證實了我們沒法證實的事，關鍵處，就在那天在街上，配合田上淵刺殺輕舟，從車內吹射出的毒針。」

他輕描淡寫的說出來，可是在龍鷹心內掀起的波濤，卻有百丈千尺般的高。

他奶奶的！

台勒虛雲怎可能描述得如此清晰，似若目睹？

當時无瑕為避開目光，閃進旁邊的舖子內去。她不怕被龍鷹看到，卻怕被跟在龍鷹身後的刺客發現。即使她及時從隱處出來，目擊刺殺發生時的過程，卻是在隔著車馬路另一邊的行人道上，視線又受剛駛經那輛坐有刺客的馬車阻隔，頂多可看到龍鷹向老田口噴咬在牙齒間的毒針，破老田殺著，不可能得窺全豹。

合理的解釋，是台勒虛雲當時在場，其位置可目擊一切。

老田當時的小命實危如累卵，若他稍有失招，台勒虛雲將以雷霆萬鈞之勢，當場撲殺，而无瑕則負責阻止其他人介入。

任自己千猜萬想，仍沒想過无瑕到岸旁來的獻媚道歉，香豔誘惑裡，殺機暗藏，背後是再一次對老田的反刺殺。

台勒虛雲本已雄偉的體型，此時在龍鷹眼裡，高聳如入雲的秘峰，令他心生寒意，因終有一天，他須和此超卓人物，再度直接交鋒。

龍鷹訝道：「小可汗當時在場？」

台勒虛雲微一點頭，道：「答案一直在那裡，然而時機未至，卻無緣進入思域內，現在有偷閱『燕書』一事，原本毫無關連的破碎圖像，忽然拼合成形，清晰準確。」

他以前曾說過類似的話，此刻重複一次，雖不明白他意指為何，卻有很特別的感受，是對他思路的深刻了解。

他的目光投往因如賭坊後院亭臺樓閣上的藍天。

一朵白雲如綿如絮的飄浮著，如負載著他的思緒。

台勒虛雲悠然道：「我們一直想不通，兵變當夜，我們安排守護大相府的人，實力如斯強橫，竟敗得這麼快和慘烈，沒一人可逃出重圍。當然，唯一解釋，是大相府內有對方的奸細，還用上混毒等手段，大幅削弱其防禦的能力。」

龍鷹不解道：「事實顯然如此，有何難解之惑？」

台勒虛雲道：「我們透過道尊，由洛陽到西京，多次提醒武三思，萬勿被田上淵的人滲入，重演『獨孤慘案』的恨事。道尊和武三思有長久的情誼，武三思非常信任道尊的眼力，故此若非由道尊直接推薦的人，也必經道尊過目首肯，故可肯定大相府的家將，不可能混進敵人。至於府內的侍臣、婢僕，皆為武則天時代的舊人，更不可能被滲透或收買。且武三思立下嚴格家規，限制府內人的行動。從任何方向瞧，大相府的保安，滴水不漏。」

龍鷹道：「現在可肯定非滴水不漏。」

台勒虛雲逕自沉吟，續道：「可以這麼說，大相府的保安，由本人在背後策劃，當時已看到一個漏洞，卻沒法縫補，只能守，不能攻。」

大江聯一方，千方百計保著武三思，是曉得武三思乃他們能否在西京立足的憑恃，與韋宗集團抗衡的倚仗。

武三思一去，香霸的因如賭坊、洞玄子的道尊之位，均首當其衝，證明台勒虛雲的先見之明。若非楊清仁坐上右羽林軍大統領之位，起著扭轉乾坤的妙用，大江聯大可能一個一個堡壘般被韋宗集團攻破，兵敗如山倒。

正因龍鷹為台勒虛雲立此大功，故台勒虛雲肯和他有商有量的說機密。

龍鷹給惹起興致，問道：「怎麼樣的漏洞，如何牽涉到攻防的問題？」

台勒虛雲道：「就是武三思的好色成性。」

龍鷹明白了。

好色自然貪鮮，不可能來來去去都是那幾個，遂成敵人的可趁之隙。

台勒虛雲道：「這方面，沒人可干涉，武三思亦不容人干涉，我們唯一的辦法，是以安全為理由，提議他將新收回來的女子，安置於大相府東園的兩座樓房內，予以嚴密監視。然而百密一疏，終在這方面出了漏子。」

龍鷹問道：「怎麼樣的漏洞？」

台勒虛雲歎道：「因田上淵的奸細，並不是用這個方式混進大相府去。」

接著道：「輕舟可知武三思和李顯均有相同的愛好，就是被年輕貌美、手法高明的女子推拿按摩。」

龍鷹記起洛陽舊事，李顯被兩個來自翠翹樓、精於推拿的姑娘按得出了岔子，最後要由自己以「天竺神咒」，喚起他體內的魔氣解救。此兩女正是由武三思推薦，當時武三思還囑他，須為李顯守秘密。

台勒虛雲續道：「在武三思遇害前的幾個月，武三思一改以往找不同按摩師的習慣，專用一女。」

龍鷹道：「你們有調查過她嗎？」

台勒虛雲道：「表面上沒任何問題，她年多前到西京，和一間青樓掛鉤，專事按摩，賣技不賣身，如敢冒犯她，會被她嚴詞斥責，且以後拒絕提供服務。但因她推拿的手法確獨到了得，故廣受推崇尊重，人稱之為『按摩娘』。」

龍鷹道：「她長相如何？年紀有多大？」

台勒虛雲道：「我只隔遠看過她，約莫二十六、七歲的年紀，端莊持重，算得上中人之姿，但體型健美，該懂點武功，然絕算不上高手，現在方知看漏了眼。」

說畢現出一絲苦澀的表情，為自己的失誤懊悔。

龍鷹尚為首次在他身上看到如此神態。

若連台勒虛雲也看漏眼，此女隱藏的功夫，極之到家。不由想起街頭遇刺時，感應不到車內有人的情況。

如在車內者就是「按摩娘」，那她便有可瞞過自己靈覺、潛蹤匿跡的超凡本領，能騙過台勒虛雲，理所當然。

龍鷹問道：「現在她在哪裡？」

台勒虛雲苦笑道：「或許在大明宮內。」

龍鷹失聲道：「甚麼？」

台勒虛雲道：「其中發生過何事，武三思和李顯方清楚，我們知道的，是武三思死前一段時間，按摩娘開始入宮為李顯服務。她有個規矩，是當月事來時的六天，留家休息，還有，工作兩天，休息兩天，兩年來一直如此，絕不在客人家度夜，包括武三思在內。」

龍鷹道：「她和武三思是否有私情？」

台勒虛雲道：「該沒有。按摩娘每次到大相府為武三思推拿，均有婢僕在旁，武三思有時還在按摩時找人說話，按摩娘盡了本份後，立即離開。」

龍鷹不解道：「那她為何肯留在宮裡？」

台勒虛雲道：「怕須問李顯才有個肯定的答案，是武三思死後的事，不過她仍是自由之身，可出入宮禁，很多時晚上方回宮，輕舟若打聽一下，可比我們更清楚情況。」

龍鷹拍拍椅子的扶手，道：「很大機會是她。」

台勒虛雲淡淡道：「輕舟是否想起從馬車吹針暗算你的人？」

龍鷹點頭，吁一口氣，歎道：「難怪小可汗剛才說答案一直在那裡，但因所曉得的零碎不全，沒法猜到是她，到曉得有人偷閱『燕書』，始驚醒過來。」

台勒虛雲道：「當時无瑕曾追躡馬車，但因對方有高手掩護，結果追失了。」

龍鷹道：「那根毒針，落在小可汗手裡，對吧！」

台勒虛雲微笑道：「是我著清仁告訴你的，好令輕舟來見我。」

他回復了一貫的從容，顯然因解開心內疑團，輕鬆起來。

龍鷹心呼厲害，只有台勒虛雲，方能如此不著痕跡的召自己來見他。如果是直截了當的找自己，際此百忙之時，最快在明天才找到時間，現在則為當務之急，更可能的是，他隱隱感到馬車內的刺客與偷閱「燕書」一事有關連，很多時他會有這類離奇的直感。

偷閱事件，成為橫梗心內的一根刺。

台勒虛雲道：「那根毒針，落在別的人手上，不起半點作用，落入我們手裡，等於洩露出主子的身份。」

龍鷹聽得精神大振，幾肯定符太與台勒虛雲英雄所見略同。

台勒虛雲細察他神情，道：「輕舟心內早有個譜兒，對嗎？」

龍鷹壓低聲音，故作神秘的道：「昨晚符太來找我。」

台勒虛雲動容道：「竟有此事，他到西京來幹甚麼？」

你試我，我試你。

此一試是為了符太，只要判斷出台勒虛雲並不知情，可從而推知柔夫人的「誠意」，現時得到的，是台勒虛雲絕不知情，其震訝來自真心。

龍鷹感應到他的波動。

此亦為一石二鳥之計，必須之舉。

另一鳥是无瑕。

縱然符太不近人情，這麼千里迢迢的到西京來，又除柔夫人外沒其他事務纏身，「醜神醫」與他有「師徒之情」，符太找他敘舊，不悖符太性情，若如「范輕舟」在台勒虛雲面前一字不提符太，給无瑕看在眼裡，至少會認為「范輕舟」在一些地方不老實，有隱瞞。

現在龍鷹主動提起符太，說出不必說出來的，可進一步穩固和台勒虛雲一方的關係。

龍鷹道：「我誇大了點，符太要找的是王庭經，我是適逢其會，特別問及有關田上淵的事，順便告訴他刺殺的事。」

台勒虛雲現出深思的神情，沉吟著道：「符太怎麼說？」

龍鷹道：「他懷疑車內刺客來自塞外一個每代單傳一人，叫『九卜』的神秘門派，吹針之技，乃其獨門本領。」

台勒虛雲顯然早曉得有此門派，沒追問，道：「他有否透露到西京來，所為何事？」

龍鷹搖頭道：「他先和王庭經說了一輪私話，才相偕來與我打招呼。問過他，他沒直接回答，只說為了私事，亦不會捲入西京的風風雨雨，因鷹爺有言在先，著他勿理閒事。聖神皇帝去後，李唐的事與鷹爺再無任何關係，故不想因自己的兄弟，掀起波瀾。」

台勒虛雲道：「論輩份，田上淵可算符太的師兄，符太對他持哪種態度？」

看似簡單的一個問題，並不易答。

第十章　縱橫捭闔

幸好早在來賭坊之前的路上，他擬好說詞，不可以為符太推個一乾二淨，但又不可以留下尾巴，拿捏間須有分寸。

台勒虛雲固難應付，无瑕亦非易與，要面面俱圓，殊不容易。

龍鷹道：「此事異常古怪，以符太的性情，清楚田上淵的來龍去脈，該有話說，豈知他絲毫不感興趣，另有心事的模樣。我看王庭經是知情的，只不肯吐露。」

台勒虛雲皺眉道：「古怪！」

知難從龍鷹處套出關於符太的事，亦不宜查根究柢的追問，轉返正題，道：「針尖上淬的毒，有個非常怪異的特性，是自動消散，直至不留任何痕跡。」

龍鷹道：「甚麼意思？」

台勒虛雲解釋道：「當我從街上撿起毒針，仍可嗅到劇毒的氣味，見到針尖隱現紫青之色，忙用巾包好，收進懷裡，可是不到一刻工夫，我在別的位置取出來看，針上所淬之毒，消失至沒半絲痕跡。此種用毒秘藝，為『九卜派』的『九卜』之一，名為『過不留痕』，若所料無誤，暗藏車內的刺客正是新一代的『九卜女』，也就是按摩娘，正因算漏了她，差些兒陷我們於萬劫不復之地，但已損失慘重，令我們在西京的實力被削減至不到一半。」

龍鷹咋舌道：「這般嚴重？」

台勒虛雲歎道：「不瞞輕舟，今次政變，輸家不止李顯父子，還有我們，雖憑輕舟挽回少許頹勢，但仍處於劣境。眼前最重要的，並非如何拖延宗楚客發動另一次政變的時間，而是在此發生前，我們是否準備好？」

龍鷹苦笑以對，道：「我想得累了，到這裡來是求教小可汗。」

台勒虛雲道：「我們必須扶植起一個可在李顯遭害後，能與政變集團抗衡的勢力，否則我們大部分人將死無葬身之地。」

龍鷹聽得腦際轟然劇震，如電閃雷劈，茅塞頓開。

對！這麼簡單的道理，為何偏沒想過？甚麼拖延之計，全是捨本逐末。關鍵處，是在李顯遇害後，如何仍有足夠能力與韋宗集團周旋，不被他們清除異己，連根拔掉。

龍鷹頭皮發麻。

台勒虛雲道：「輕舟有何提議？」

龍鷹苦笑道：「我想不通。」

台勒虛雲道：「我們面對的，將是一場不見血的政變，整個權力架構、各方實力，將原封不動的過渡往李顯駕崩後的新局面。」

龍鷹無法不同意，台勒虛雲確高瞻遠矚，著眼的是未來的形勢，正因其能智珠在握，故可趁李顯仍在的有限時光，籌謀部署。

台勒虛雲顯然對此想通想透，接下去道：「雖然李重俊起兵失敗，令韋、宗一方勢力暴漲，朝中大臣莫不依附，然而韋后『司馬昭之心，路人皆見』，試問誰希望唐室再一次改朝換代，坐看韋后重走武曌的舊路？故而心內不以為然者大有人在，敢怒不敢言而已。」

稍頓，續道：「這是目前的大氣候。」

龍鷹整道脊骨寒慘慘的。

比起上來，自己就是見步行步，非常短視，於形勢上的把握，遠遠落後於眼前可敬的對手。

台勒虛雲逸出一絲笑意。道：「實難怪輕舟思不及此，皆因輕舟著眼的，是與田上淵的江湖爭霸，沒閒情理會其餘。不過，我須提醒輕舟，與田上淵爭鬥的成敗，非是在大河或大江，而是在皇城和皇宮之內。」

龍鷹虛心問道：「我們可扶植哪一方的勢力？」

台勒虛雲從容道：「當然是唐室李氏的正統勢力，以李旦、太平為主，清仁為輔，一旦勢成，予韋、宗以天作膽，韋后仍不敢立即稱帝，而是效法武曌，以李重福或李重茂為傀儡，轉移皇權。」

龍鷹的頭皮再次發麻，台勒虛雲預言的情況，正是當年女帝奪權情況的重演，然而，韋后不止在才具上遠遜女帝，在其他方面，亦遠有不如。

首先，女帝登位前，早把李唐宗室幾誅殺殆盡，敢反對的大臣，全給送入酷吏之手，又或放逐遠方，韋宗集團若要造出相同的形勢，有一段很長的路要走。

其次，是因李顯登位，大唐復辟，李氏皇族的勢力如死灰之復燃，韋宗集團雖成功去掉太子李重俊和部分皇族，可是德高望重的相王李旦和長公主太平留了下來，右羽林軍大統領的重要軍職又落入楊清仁手上，如有足夠時間加以整合，肯定可成遏抑韋宗集團的反對力量。

可是，宗楚客絕不容此一局面的出現，必趁以李旦、太平為主幹陣腳未穩前，搶先撲滅可燎原的大火。

先發者制人。

此外，李重福或李重茂，因被韋后長期排之於外，本身又欠才幹，於朝臣來說，等於陌生人，難以服眾，人人清楚是受韋后操縱的傀儡皇帝，誰願對其俯首稱臣？

在這樣的情況下，韋宗集團的政治根基非常薄弱，只看李氏皇族有沒有能者出而領導群臣，扳倒韋宗集團。

台勒虛雲的鴻圖大計，具體成形。

龍鷹苦思道：「如何可多爭取點時間？」

台勒虛雲輕描淡寫，似不經意地道：「輕舟認為你與田上淵，在宗楚客的撮合下，有和解的可能嗎？」

龍鷹聽得有點摸不著頭腦，這與爭取時間有何關連？愕然朝他瞧去。

好半晌後，龍鷹答道：「至少表面上大家緩和下來，使宗楚客不用那麼為難。」

台勒虛雲道：「若和解的條件，是輕舟須立即離京，返揚州去，從此河水不犯井水，輕舟答應嗎？」

龍鷹失聲道：「豈非著小弟回家等死？」

台勒虛雲欣然道：「輕舟放心，此事絕不會發生。」

龍鷹呆了半晌，不解道：「小可汗怎能說得這般斬釘截鐵的？」

台勒虛雲道：「現時我們已曉得，無痕無跡致李顯於死的手段，掌握在田上淵之手，等若捏著宗楚客咽喉，不到他不從，這樣的情況下，田上淵豈肯縱虎歸山？」

龍鷹點頭道：「田上淵定要殺我。」

台勒虛雲從容道：「輕舟終掌握其中的關鍵。」

又道：「若我是田上淵，會向宗楚客開出條件，就是范輕舟一天在生，他絕不向九卜女下達取李顯龍命的指示。」

龍鷹精神大振，道：「此招狠辣，不到老宗不答應，然卻正中我們下懷。」

台勒虛雲道：「幹不掉你又如何？」

龍鷹差些兒抓頭，愕然無語。

台勒虛雲道：「政局的變化，不因人的主觀願望左右，沒有一成不變的策略。受制於環境和時機下，必須因事制宜，因時制宜。」

稍停後，沉聲道：「宗楚客非是善男信女，論陰謀手段，只在田上淵之上，田上淵識他多年，不會不知。故此我剛才說的那個情形，將從他們兩人間以前的交往，以其應有的方式衍生出來，便如我和輕舟般，任何最後達成的協議，均有著因和果的關係。」

龍鷹不得不心服，台勒虛雲厲害處，是可透視表象，看見深層的東西，這種與生俱來般的洞察力，源於對人性的了解。

如他說的，若把老宗和老田的關係，定調為被脅迫者和脅迫者的二分情況，實差之毫釐，謬以千里，那李顯駕崩之日，老宗立即掉轉槍頭，全力對付田上淵，以舉國之力，將北幫連根拔起，一如女帝當年對付金沙幫。

故此田上淵雖有所恃，卻不敢有風使盡幗，而是知所保留，好與宗楚客達致某一協定，令合作的關係可持續下去。

「天下攘攘，皆為利來」。

說到底能維繫兩大奸人的，仍是利益。

台勒虛雲悠然道：「殺不了輕舟，田上淵將不得不退而求其次，但求一個可殺輕舟的最佳時機。」

龍鷹動容道：「對！李顯駕崩之日，最佳時機將出現，若我仍在西京，必難逃毒手。」

台勒虛雲道：「不但你立陷險境，所有與你有密切關係者均成目標，他們可環繞著李顯的猝死，羅織罪名，一舉清除反對他們的勢力，為韋后未來的登基鋪路。那時，即使輕舟逃返南方，他們仍可憑官府和北幫的力量，對輕舟和竹花幫來個窮追猛打，趕盡殺絕。」

由於韋后走的是當年女帝的舊路，也是唯一可成功達至目標的路向，前車可鑑下，幾可預見未來的發展。

廓清障礙，韋后的皇帝夢水到渠成。

台勒虛雲一字一字緩緩道：「故而今天在與田上淵談判前，輕舟須先弄清楚所處的位置，該做的事。際此與光陰競步的情況下，不容失誤，且寸陰必爭。」

龍鷹心忖幸好與台勒虛雲結盟，是友非敵，有共同目標。否則如任他在暗裡謀算，非像如今般為自己釐清形勢，出謀獻計，一來一回，相去千里。

虛心的道：「小弟該怎辦？對政治我一竅不通，想培植出皇族的新勢力，實苦無入手之策。」

台勒虛雲微笑道：「輕舟勿妄自菲薄，說到玩政治手段，輕舟不在很多老手之下，且是在某一時機下，妙手偶得。」

接著道：「輕舟可知宗楚客為何如此顧忌輕舟？冒著與田上淵決裂之險，仍要收買。」

龍鷹大為錯愕，道理還不簡單？但知台勒虛雲有此一問，背後定有原因。道：「小可汗賜示。」

台勒虛雲雙目神光閃閃，道：「任何今昔的比較，均須以李顯駕崩的一天為準。」

龍鷹一時間沒法掌握他天馬行空的思考方式，只有聽的份兒。

今回可算是他們全面合作的展開，因著共同的利益，不用討價還價的，一切理所當然，合作建基於堅實的基礎上。

台勒虛雲道：「比對當年高宗皇帝病歿，未來李顯的突然猝死，兩者間有一根本的差異，就是在京師之外，有一股能左右皇權誰屬的力量，而這股力量非但無法鎮壓，且不可壓抑。妄動之，勢惹火焚身。」

龍鷹如夢初醒的道：「對！郭元振！」

他非是沒想過，而是因郭元振的實力，等於他龍鷹的實力，卻是備而不用，乃無計可施下的最後一著，因而在宮廷鬥爭上，不被列入他考慮的範圍。

又苦惱的道：「大帥是有自己主張的人，沒人可支配他。」

台勒虛雲欣然道：「本人想問輕舟另一個問題，若能推翻韋、宗的政權，誰登上帝座，可令人人擁護，順理成章？」

龍鷹暗想他心裡的皇帝人選，肯定不是李重福、李重茂，亦不是楊清仁，因其尚未具此威望，且為李顯的遠房親戚，如非進據右羽林軍大統領之位，排隊仍未輪到他。

答道：「李旦！」

台勒虛雲讚道：「輕舟還說不懂政情，只是這個明見，已沒多少人看得通。在兩方勢力惡拚劇鬥之時，韋、宗捧出的是李重福或李重茂，另一方必須捧出個可壓著李重福、李重茂的人，此人就是曾當過皇帝的李旦。我們這個認知非常重要，可使我們有策劃未來的清晰方向，事半功倍。」

龍鷹歎道：「小可汗說的，小弟連想都未想過。立下未來的骨幹後，我們如何建起能與韋、宗拮抗的新勢力？」

台勒虛雲道：「關鍵人物不是相王，亦非清仁或任何人，而是『玩命郎』范輕舟。」

假若與台勒虛雲不是處於目前般合作無間的關係，又剛得聞他縱橫捭闔的鴻圖偉略，乍聞之，定誤以為被他拆穿了「長遠之計」。

台勒虛雲高明處，是定出與龍鷹沒任何衝突的短期目標，即使龍鷹另有想法，好應留待李旦成了皇帝之後。

龍鷹道：「小可汗太抬舉我。」

台勒虛雲道：「我是實事求是。在當前的形勢下，輕舟不單為能遊走於各大政治集團之間，更是唯一可統合反對勢力之人。輕舟辦到一件事便成。」

龍鷹想破腦袋亦想不到可以是怎麼樣的事，大訝道：「小可汗指點。」

台勒虛雲好整以暇的道：「就是請得郭元振從北疆向西京發出賀函，讚揚皇上任用清仁為右羽林軍大統領，是英明神武的決定，並在事先暗裡讓相王、長公主曉得此事。」

龍鷹的頭皮又發麻了。

此乃「一石激起千重浪」之計，幾不花成本，效用則無從估量。

挾河曲大捷之威，郭元振繼黑齒常之之後，成為中土無可爭議的明帥，對將兵固有龐大的影響力，也是萬民景仰的軍事上的代表人物。經他點名讚賞，楊清仁「一登龍門，聲價百倍」，只要不是韋宗集團者，不論朝中大小官員、京師內的將兵，均對聲譽一向不差的楊清仁刮目相看。

台勒虛雲這番話巧妙之處，是不著痕跡地完成造皇大計的第一步，也是跨得最遠、最重要的一步。

只恨在現今的情況下，不到龍鷹拒絕，亦無更好的選擇，不如此做，如何可助長反韋宗集團的勢力？難道坐著等死？

雖然作繭自縛，然而壯大楊清仁，短線目標是以李旦取代韋宗集團，與龍鷹的「長遠之計」不相違背，其他事，只好留待日後再算。

龍鷹沒猶豫的答應，道：「依小可汗的指示辦。」

台勒虛雲叮囑道：「此事宜早不宜遲，趕在李顯召燕欽融入京前，可收奇效。」

龍鷹點頭表示明白。

台勒虛雲道：「召見燕欽融的主意，實出自太平，她因自武曌時期，一直地位特殊，故在臣將間的影響力根深柢固，非韋、宗可在短期內動搖，我們須好好利用，三兄妹裡，以她最有明見和決斷。」

又道：「他們已團結在一起，只要我們加點動力，反撲韋、宗的新勢力將告成形，是我們於怒海賴以求存的唯一憑恃。」

龍鷹承認台勒虛雲比自己更具視野遠見，點頭同意。

台勒虛雲道：「論隨機應變，天下莫有人能過輕舟，明乎處境，待會見到宗、田兩人，輕舟該清楚甚麼可答應，哪些須斷然拒絕。為了殺你，兩人必說盡好話，怎都不會因言語不合，致談判破裂。」

龍鷹告辭離開。

第十一章　玉女春心

踏出因如水榭的一刻，離和頭酒尚有大半個時辰，本來最該做的，是到躍馬橋附近，找個寧靜的河岸，在斜陽映照下，拿符小子的《西京下篇》來趕工，多掙點本錢和老宗、老田說話，可是此刻腦袋填滿台勒虛雲的音容笑貌，竟有提不起勁讀《實錄》的古怪感覺。

道理他是明白的。

當年在大江聯的總壇，他嘗過同樣的滋味，那是須鐵石心腸方頂得住，然「人非草木，孰能無情」？

台勒虛雲描劃出其奪權大略的雛型，就是借助李旦、太平的特殊地位，郭元振的聲援，進一步鞏固楊清仁的爭天下實力。

不過，最令他難解處，如將李旦捧上帝座，合法的繼承者，該為曾當過太子的李旦長兒李成器，何時輪到楊清仁，除非發動另一場政變。亦因如此，使龍鷹找不到拒絕的理由。

比之台勒虛雲，龍鷹欠缺一套完整的計劃，以過渡李顯的遭害，幸好這破綻空隙已由台勒虛雲縫補，不幸的是用的乃台勒虛雲擬定的手段。在自問想不出更好的策略下，不到龍鷹不配合採用。

台勒虛雲最能打動他的，是因他明白宗楚客、田上淵兩人的一貫作風，決斷狠辣，不講天理人情，於大有顧忌下，仍趁亂務要剷除李旦、太平兩大禍根。

任何事物也可改變，獨人的性格不改，伴隨李顯駕崩而來的，必是清除異己的大清洗。想殺他龍鷹或符太，乃不可能的事，但李旦、太平將難以倖免，李旦五子，包括李隆基，均難逃毒手，宇文朔和乾舜的家族，亦被牽連。

龍鷹怎容這樣的情況出現。

在某一程度上，他感激台勒虛雲，也因而更添敵友兩難的矛盾。

香風從後吹至。

龍鷹從迷思驚醒過來時，美麗師父湘君碧的玉手穿入他的臂彎裡。

龍鷹立變玩偶，被她扯得身不由主，改向過橋穿徑地，深進池林區的淨土。

唇分。

湘君碧星眸半閉，酥胸急遽起伏，俏臉火紅，不住喘息。

龍鷹感覺強烈，不但因「師父」能熔鋼般的熱烈，憶起當年她送他到小可汗堡去，在門樓通道內的激吻，更勾起對在大江聯總壇度過那段令人既回味、又傷情的日子的思憶。

亦為首次對湘夫人去除戒心，是因察覺她的全心全意，沒有保留。

親熱的處所是因如坊後院東側一座獨立的兩層小樓，甫入廳子，湘君碧投懷送抱，獻上香吻。

樓內、樓外，一片寧靜。

湘夫人嬌喘著道：「師父要走哩！」

說時一雙纖手纏上他頸項，不住升溫、香噴噴的豐滿肉體扭動著，似要用盡力氣擠進他懷裡去，粉臉埋在他肩頸處，咬著他耳朵說話。

「玉女宗」三大玉女高手之一的湘夫人動真情，確非說笑鬧玩的。

他非是從未和她親熱過，但誘惑力遠及不上此回。

今趟她掃除了情道上的所有心障、路障，不存任何企圖目標，但求片刻歡愉。

龍鷹自問沒法抵擋，亦不願抵擋。

不知多麼艱難，勉強保著靈臺一點清明，問道：「走？到哪裡去？」

湘夫人仰起如花玉容，一雙能勾去所有男子魂魄的眸神，迎上龍鷹詢問的目光，輕柔的道：「瞧著愛徒長大成人，做師父的後繼有人，不是功成身退之時嗎？」

龍鷹花了不知多麼大的心力，方克制得住抱她上樓的強烈慾火，不但魔種被惹起魔性，連道心也宣告失陷。

訝道：「小可汗竟肯放師父走？」

湘夫人喜孜孜的道：「全賴徒兒立下奇功，令我們在京師站穩陣腳。」

輕吻他一口後，續道：「師父該做的，都做到了，留在這裡沒有意思，應退則退呵！」

龍鷹心裡明白。

不但湘夫人，柔夫人也抱同樣的想法。不論楊清仁，又或香霸，均難令她們戀棧，和他們糾纏了這麼久，是因不能違背白清兒的遺命。事實上，她們從來沒有直接捲入大江聯對外的鬥爭。在龍鷹赴飛馬節的半途截擊，湘夫人置身事外，沒有參與。

龍鷹道：「師父到哪裡去？好讓徒兒想念師父時，可找得師父盡點孝心。」

湘夫人「噗哧」嬌笑，橫他一記媚眼，吃吃笑道：「先盡一次孝心給師父看，瞧徒兒有多孝順？」

說時，她一雙美目水汪汪的，奇異的是內中卻透出一股火熱，若可燎原的星星之火。

龍鷹心叫救命，僅有的一點自制力瀕於崩岸決堤的邊緣，又知不可喪失理智，天才曉得在那樣的情況下，湘夫人會否感應到自己的「魔種」。

與「玉女宗」玉女的直面交鋒，已成不可避免的事，尚可慶幸的，是湘夫人沒有「玉心不動」的情況，因已被楊清仁破掉，到今天仍未復元過來，故其「玉女心功」及不上柔夫人，更不能與无瑕相比。

而最重要的，是她真的愛上自己，此時的她，不顧一切。

躍馬橋。

龍鷹想起符太在「報告」裡形容的情景，人約黃昏，柔夫人被攏在斗篷裡，現出側面的輪廓，憑欄靜候符太。

龍鷹心裡有著暴風雨後的寧靜。

過去多天累積的憂慮、不安、勞碌，不在他心裡留下任何痕跡，魔種處於巔峰的狀態，充盈勃發的生機，顯示道魔清晰無誤的融和，感覺前所未有。

一切全拜「師父」所賜。

湘君碧對他是無私的奉獻，徹底的愛，情況一如在洱海風城時的帳內春宵，與裸形族四女的纏綿，唯一不同的，是他可保持清醒，體驗著魔種主宰一切的動人過程，明白了何謂「玉女心動」。

從北里橫跨東西的走到這裡來，他處於異常「道魔渾融」的境況，前所未有。

他沿漕渠北岸漫步，表面上一切如舊，道上到處往往來來的行人，各自忙碌著，可是龍鷹比諸平時，卻有著截然不同的感受。

西京城似活了過來般，充滿生氣。

他的靈覺擴大，感應到各式情緒波動的沖擊，每個接近身旁者，龍鷹自然而然的感應感受，然後又隨他們的遠去逐漸淡薄。

感覺無與倫比，他就像處在一個情緒的巨流裡，逐波動而行，強烈真實。他感受到他們顯示出來的歡樂和憂慮，渴望和痛苦。不論是哪種情緒，均呈現出各自複雜難明的特性，又有著龍鷹不理解的完美，自具自足。了解再不重要，活著似是唯一重要的東西。

夜來深在橋的另一邊截著他，陪他一起朝福聚樓舉步，道：「待會范當家早一步離開，由來深接范當家到芙蓉園去，在大相府等候大相回來。」

龍鷹微笑道：「這個我明白，假如宴罷大相偕小弟一起離開返曲江池，將令老田非常難堪，大相設想周到。」

夜來深鬆了一口氣，接著訝道：「范當家今晚特別精神，有種『人逢喜事』的樣子。」

龍鷹清楚感應到他之所以放下心頭石，是怕龍鷹臨時變卦，拒絕到大相府繼續洩秘，由此可看出宗楚客對今夜交談的重視，等於派夜來深來押解他。

龍鷹敷衍道：「小弟有個特點，是天掉下來當被蓋，老田是怎麼樣的人，小弟最清楚，不清楚的話，哪有命來喝這場和頭酒？」

夜來深微一頷首，似心裡同意他沒明言的某一看法，令龍鷹直覺他於自己和田上淵間，較傾向自己。此為理所當然，若夜來深可自由選擇交往的對象，兩者裡絕不揀心懷叵測的田上淵，且說到底老田是外族，不同族類本身已是一種隔離。

夜來深讚道：「范當家不愧經得起風浪的超凡人物。」

龍鷹訝道：「不是到樓上去嗎？」

夜來深領著他過福聚樓大門不入，繞往右邊，答他道：「為免人多耳雜，尉遲老闆借出他的雅居，方便說話。」

龍鷹順口問道：「他們來了嗎？」

夜來深停步，道：「全到哩！」

又約束聲音，傳聲道：「今早田上淵給召到大相府，說過甚麼，沒人曉得，約半個時辰，事後大相臉有不悅之色，沉默得令人害怕。」

龍鷹拍拍他肩頭，道：「夜兄很夠朋友，我懂應付的了。」

夜來深現出一個苦澀的神情，搖頭，歎一口氣。

他顯然不理解宗楚客對田上淵的縱容和姑息，亦不以為然，若換過是他，肯定選「范輕舟」，棄田上淵。

說到底，夜來深終為江湖人，為官時日尚短，雖熱中名利，可是講慣了江湖規矩，仍與在官場打滾者有根本上的分別，有他是非的標準。以往視「范輕舟」為敵是另一回事，現在「范輕舟」既向宗楚客投誠，變為自己人，忍不住提醒龍鷹。

深一層去思量，正為宗楚客引入外族的缺陷，也是創業容易守成難的道理。

宗楚客長期在塞外與外族打交道，於中土基礎薄弱，如非搭上李顯這可居的奇貨，不可能進入大唐皇朝的權力核心。

其野心遠在武三思之上。

蓋棺論定，武三思非沒想過做皇帝，那是在女帝時期，希望可成皇位合法的繼承人，冒最少的風險。可是，李顯在千呼萬喚下，回朝當太子，大唐復辟之勢無可逆轉，武三思改為全力逢迎李顯，令武氏子弟在新朝仍能風光一時，龍鷹再感覺不到武三思有取李顯而代之的妄想。

宗楚客在這方面與武三思有根本性的不同。從他的作風看，是冒險者和投機客的混合體，專講低買高賣，尋求的是最大的利益，無情無義。

宗楚客就是當代的呂不韋，發跡的過程離奇地酷肖，同樣相中落難的繼承人，因而扶搖直上，攀登位極人臣，有資格覬覦帝座的位子，且都是打開始立心不良。

宗楚客與田上淵狼狽為奸，互取所需，乃天作之合。前者藉見不得光的私鹽勾當獲得龐大財富，可無限地支持李顯和韋氏的揮霍，贏得他們的信任。這類暴利的勾當，開始了便很難停止，何況宗楚客為了遠大的目標，必須在中土建立他的勢力和班底，故把田上淵引進來，培植其成為取代黃河幫的龐大江湖勢力，險些兒破壞了大江聯北上的大計。

可是，田上淵雖竭力粉飾，又得宗楚客派樂彥助他與各方修好，始終沒法洗脫其外族入侵的意味。

到龍鷹一方揭破田上淵與烏妖勾結，密謀引突厥狼軍入關，被俘三人盡為外族，即使宗楚客憑著煽動李重俊的政變，逆轉了對他不利的形勢。可是隨田上淵野心的曝光，影響龐大深遠。

非我族類，其心必異。

夜來深此刻近「范輕舟」、遠田上淵的心態，反映的正是此一現實。

宗楚客亦驟然驚覺已引狼入室，他之所以這般瞧重今夜與「范輕舟」的對話，是希望「亡羊補牢，未為晚也」。

田上淵已成為宗楚客政治上的累贅，拖他後腿。

有一天韋后站穩陣腳，大可能因田上淵而對宗楚客另有看法。

問題在宗楚客今天如何處理水火不相容的「范輕舟」和田上淵。

夜來深口中的雅居，為福聚樓大老闆尉遲諄的居所，位於福聚樓後方，隔一條街，宅院連綿，頗具規模。

尉遲諄給足宗楚客面子，借出雅居主堂，作為他設和頭宴的場所，酒菜由福聚樓供應，等若從福聚樓延伸過來的廂房。

這個遷動，或許顯示出宗楚客心態上的改變。

宗楚客向龍鷹提議和頭酒的當時，他選不設廂座的福聚樓，而非是其他沒那麼顯眼的場所，該是故意而為，目的在「公告天下」，在他拉攏下，「北田南范」兩大巨頭，重修舊好，從而彰顯老宗的威勢，彌補右羽林軍大統領落入楊清仁手上的挫折。

在西京，任何一件似與政治沒直接關係的事，實則息息相關，分別在影響力有多大。

可是，如台勒虛雲所料的，老田有籌碼在手，不到宗楚客不屈服，關鍵在宗楚客也非善男信女，絕不任老田擺佈，故此兩人今早的談判，該是不歡而散。

在這樣不明朗的情況下，宗楚客豈敢冒丟人現眼之險，在福聚樓設此和頭酒，致淪為全城笑柄。

循此思路去想，今晚的雅居晚宴，結果難卜。

幸得台勒虛雲指點，否則自己大可能沒法從改場地上，測破玄虛。

現在則心裡有個譜兒。

龍鷹正處於魔種的顛峰狀態，道魔渾融裡，靈臺清明剔透，有信心應付任何情況。

步入雅居正院門前的一刻，他忽然想到李顯另兩兒李重福和李重茂。

一直以來，此兩人少有進入過他思域內，有人提及，亦過不留痕。可是，台勒虛雲對未來的部署仍記憶猶新之際，又想到「奇貨可居」，自然而然想到若李顯遭害，順理成章，合乎法規的繼承者，將為兩人的其中之一。

李重福居長，以其繼位的可能性最大。

兩人長期被韋后排擠，現在又眼見兄弟李重俊被殺，如再加上李顯猝死得不明不白，怎肯任韋后擺佈？一個不好，連小命都賠上去。

雅居主堂古色古香，一式酸枝家具，几椅掛飾，莫不講究，顯出主人家的品味。尉遲諄在場親自打點招呼，出門迎龍鷹入堂，送他來的夜來深告退後，尉遲諄領龍鷹穿過輷廳，進入宴會主堂。

宗楚客和田上淵停止說話，起立迎迓。

第十二章　兩虎之會

田上淵變回龍鷹首次在洛陽碰上的那個人，冷傲又帶著某種難言的特質，說不出的風流、灑脫，如淵海般的無從測度。

龍鷹自問不明白他，經過連番重挫，竟似不能打擊他分毫。

至少表面如此。

他仍是那麼溫文爾雅的，如出席雅集、宴遊裡一個特別出色的詩人騷客，對龍鷹客氣，適可而止的熱情裡保持著距離，令龍鷹感到他智珠在握，胸有成竹，真不知他有何陰謀奸計。

不過，龍鷹清楚，自己將打亂他陣腳，可憑恃的，不單是台勒虛雲洞透式的描劃現時和未來的形勢，還有是因美人兒師父湘君碧而達至秉正持亙、道魔渾融的顛峰狀態。

他將連環出擊，務要田上淵應接不暇。

宗楚客神態有點疲倦，實難怪他，其所應付的，比龍鷹面對的複雜多了，朝內、朝外，至乎眼前關係重大的「和頭酒」，全要一手抓，鐵鑄的亦捱不了。

如果他可以靜心下來，像台勒虛雲般隔岸觀火，冷眼旁觀，說不定可如台勒虛雲那樣，看出很多疏忽了的事來。

便像此刻的龍鷹，感覺無微不至，毫無遺漏。

尉遲諄陪他們喝了一杯酒，偕下人退走。

酒菜一次過上檯，作為「中間人」的宗楚客勸了兩巡酒後，又分別為兩人添菜餚到碗子裡去，在表面融洽的氣氛下，夜宴開鑼。

田上淵稍嚐即止，反是龍鷹狼吞虎嚥，讚不絕口，逼得本沒食慾的宗楚客，不得不陪吃。

龍鷹邊吃邊陷進昔年大江聯總壇洞庭湖岸的日子裡去，一幕幕的情景，浮現心湖。逗留的時間短促，似彈指即過，卻留下永不磨滅的痕跡，伴著他度過剩下的人生。

記起初遇湘君碧時的驚豔，怎想過來接他的，竟是明豔照人的「玉女」，她的一顰一笑，如在眼前。

龍鷹終於停筷，拍拍肚子，見宗楚客舉杯敬酒，忙與田上淵一起舉杯。

宗楚客堆起帶點勉強的笑容，聲調鏗鏘的道：「喝過這杯，上淵和輕舟從此誤會冰釋，以和為貴。做兄弟，怎都好過做敵人，對吧！」

田上淵和龍鷹給足他面子，齊聲應是，喝掉這杯遲來的「和頭酒」。

龍鷹放下杯子，向田上淵微笑道：「我們間有何誤會？」

宗楚客、田上淵同感錯愕。

這句話語帶雙關，既可指雙方間沒任何問題，也可指所謂不存在誤會，因皆為事實。

宗楚客打圓場道：「輕舟直人快語，大家將心裡的話坦白說出來，不致有另一場誤會。」

田上淵啞然失笑，悠然道：「誤會皆由誤會起，晚生非誤會了范當家，而是誤判，還以為在洛陽說好了，你我河水不犯井水，可是范當家卻忽然到京師來大展拳腳，寒生想問范當家一句，當日的協議，仍否有效？」

龍鷹微笑以應，道：「天下攘攘，皆為利來。說到底，小弟是個生意人，到京師來，為的是生意，只要情況回復到以前黃河幫時的好日子，小弟立即返回揚州，自此不進大河境域。」

若果台勒虛雲猜錯，老田肯放虎歸山，這番話將是作繭自縛。

田上淵迎上他的目光，眼神轉厲，唇角掛著絲高深莫測、大有含意的笑容，卻沒說話。

換過別人，給他一雙利箭般的眼神瞄準，肯定渾身不自在，為其氣度所懾。龍鷹則神色持亙，不為所動。

氣氛登時變得僵持。

龍鷹一個投石問路，立即試出台勒虛雲所料無誤，田上淵正以李顯生死為脅，要宗楚客以自己的小命做交換。

老田怎捨得讓老范走，然一時想不出該如何答他，失了主動。

龍鷹行險的一著，一石二鳥，同時向宗楚客表態，自己之所以再返西京，非懷具不可告人的目的，純屬業務上的需要。

宗楚客充和事老道：「合則兩利，分則兩害。天下遼闊無邊，上淵和輕舟何不想想當年合作的好日子，『北田』、『南范』聯手，江湖還不是任你們縱橫？」

他對龍鷹「立返揚州」的豪言壯語，避而不答，恰證實了台勒虛雲對田上淵不肯「放虎歸山」的預測。

當然！田上淵、宗楚客在此事上有根本性的不同，田上淵一意殺「范輕舟」，宗楚客是迫於無奈，不得不配合，至少在表面上裝模作樣。

殺李顯，縱然憑的是無痕無跡的混毒之技，仍絕不簡單，否則動輒萬劫不復，且有關人等，必須能在事後置身事外，令最挑剔者亦無可尋之隙。

由誰下手，實為關鍵。

於此韋后、宗楚客和田上淵長期佈局，這個兇手必須符合某些條件，例如與三人沒直接的關係，不為人注意，心狠手辣，既不臨陣退縮，事後又能守口如瓶，不是隨便找個心腹宮娥或侍臣可辦得到。

九卜女正是這個理想的人選。

縱然宗楚客曉得混毒的「終極一擊」，一時仍找不到另一個像九卜女般進入可隨時發動的位置。何況宗楚客不知道混毒的最後一著。李顯的生死，操諸田上淵之手，而非韋后或宗楚客。

驟聽得馬秦客、楊均兩個韋后男寵之名，龍鷹還以為他們負責下毒手，經台勒虛雲分析後，方猜到他們負責的是混毒的準備工夫，因若他們任何一人，早上才接近過李顯，當天下午李顯便無疾而終，韋后將洗不脫嫌疑。

台勒虛雲說得對，換過他是老田，定以此威脅，逼宗楚客殺自己。台勒虛雲的預測，由宗楚客進一步證實，就是不放「范輕舟」離京。

「上淵！」

宗楚客帶點不悅的著田上淵表態說話。

田上淵歎道：「誤會從來愈陷愈深，難有消退迴旋的空間。」

稍頓又道：「晚生針對的，非范當家也，而是竹花幫的桂有為，其亡我之心始終不息。誤會就在這裡，因范當家視桂有為是夥伴，令晚生陷兩難之局。近年來，黃河幫頗有死灰復燃之勢，晚生究竟是任其坐大，還是趁其勢未成前予以撲滅？范當家教晚生該怎麼辦？」

他這番話避重就輕，模糊了真實的情況，將龍鷹坐竹花幫的船到西京，用竹花幫與黃河幫在西市的物業開七色館，全部混為一談，牽強卻沒破綻。

龍鷹舉手，打出要說話的手勢。

宗楚客將抵唇邊的話打住，和田上淵一起訝然瞪著龍鷹。

龍鷹目光投往田上淵，閒聊般的道：「田當家可想曉得在水底下突襲你老兄，令小弟爭得緩衝之機，得脫大難那個美人兒是何方神聖？」

以田上淵陰沉的城府，亦告不敵。

龍鷹的話，直接戳破他的所謂「誤會重重」，更陷他認與不認的兩難局面。同時為龍鷹的試金石，看田上淵能否猜到无瑕是誰。

可肯定的，是鳥妖曾向田上淵提起過无瑕，因牽涉到五采石的歸還。不過，恐怕鳥妖自己仍不清楚无瑕的真正身份，只以為她是侯夫人的同門師姊妹，觀之无瑕故意隱瞞武功，可窺見端倪。

田上淵比任何人更想曉得无瑕是誰，如芒刺在背。

可是，怎說得出口？

宗楚客插言道：「今天喝這杯酒，過去的事，全給本相一筆勾銷。」

接著又道：「我也給輕舟勾出好奇心，真的有這麼樣武功高強、水底功夫了得的美人兒嗎？」

龍鷹步步緊逼田上淵，欣然道：「一隻手掌拍不響，大相的問題，理該由田當家回答。」

田上淵苦笑搖頭，旋又啞然失笑，歎道：「范當家厲害，若晚生仍矢口不認，就是沒有承擔。」

轉向宗楚客道：「此女武功之高，乃晚生平生僅見。」

宗楚客為之動容。

於半途截殺「醜神醫」，是韋后、宗楚客首肯，田上淵執行。不過，顯然田上淵向宗楚客報告失敗時，只說大概，不落細節，是對宗楚客的另一種隱瞞，因此宗楚客忽聞之，現出應有的表情。

龍鷹奇峰突起的一著，逼田上淵落下風。

田上淵改採攻勢，問龍鷹道：「此女與范當家有何關係？」

龍鷹心忖任你奸似鬼，還不中計，氣定神閒的道：「小弟還是第一次見到她，如田當家般糊塗，不明白她為何幫忙，出現的時間如此教人料想不到。」

田上淵和宗楚客為之錯愕。

宗楚客皺眉道：「可是，聽輕舟剛才的語調，似知悉此女的身份。」

龍鷹壓低聲音，神秘兮兮的道：「小弟是這兩天有故人來京，才猜得她是誰。」

宗楚客一呆道：「故人？」

主動落入龍鷹手裡，兩人被牽著鼻子走。

此刻的情況是不和而和，重心被轉移到另一邊。

沉聲道：「該說是別人的故人。鷹爺的兄弟符太到京師來，入興慶宮找王庭經說話敘舊。後來王庭經告訴小弟，說符太猜到那女子是何人。」

此刻告訴他們的，與告訴台勒虛雲的稍有出入，是沒和符太接觸過，令兩人沒法追問下去。

宗楚客和田上淵交換個眼色，均有驚駭之意。

「人的名兒，樹的影子」。

符太本身未足令他們畏懼，可是或可能牽涉龍鷹，誰敢掉以輕心。

龍鷹盡情利用今個「和頭酒」，拖延老宗發動政變的時間。

宗楚客從「和事老」轉為談判者，皺眉道：「王庭經有否透露符太為何事來？」

龍鷹道：「符太告訴王庭經，今回來京，為的是私人的事，約莫逗留一個月，事了後立即離開。」

他特別注意田上淵對「師弟」的反應，捕捉到他眼神內一閃即逝的殺機。

田上淵如何看待妲瑪的離開？會否聯想到與五采石的被盜有直接關連？

宗楚客亦對田上淵暗裡留神，因昨天從「范輕舟」處得悉田上淵與符太的師門淵源。

田上淵確沉得住氣，由宗楚客主導說話，原因是他像以前屢次行刺「范輕舟」般，看不通、摸不透其天馬行空，招招神來之筆般的妙著。

誰可猜到他下一句說甚麼？

宗楚客聽到符太只逗留一個月，明顯鬆了一口氣。問龍鷹道：「符太竟猜到那女子是誰？」

龍鷹煞有介事的道：「符太指此女，該是來自塞外，與他的本教大明尊教一直有關連的另一神秘教派。」

田上淵沒法掩飾心內的震駭，現出雖微僅可測，卻絕不該出自他的波動。

宗楚客武功雖高，但在這方面比之龍鷹，望塵莫及，對田上淵的吃驚一無所覺，靜待龍鷹說下去。

不賣關子就是蠢蛋。

此招為的是鎮住田上淵，令他生出秘密被揭破的危機感，清楚對付「范輕舟」，隨時有惹火焚身之險。

道：「此派有個特點，是每代單傳一徒，傳女不傳男，莫不長得嬌美動人，通身法寶。哈！至少有九種法寶。」

宗楚客訝道：「天下確無奇不有。」

又忍不住的瞧田上淵一眼。

既然「師弟」曉得，「師兄」也該知道。宗楚客忍得非常辛苦。

田上淵再非落在下風，是陷身劣勢，隨時可一鋪輸掉辛苦經營出來，得之不易的局面。

問題在「范輕舟」曉得多少。

現在等於龍鷹和台勒虛雲聯手，夾擊田上淵。

命中的，是老田的罩門要害。

龍鷹道：「派名九卜，九卜者，卜卜絕技，至於究為何技，恐怕曉得的，盡被送入地府。」

接著笑道：「這個九卜女，不是善長仁翁，這般的出手，該與田當家有深仇大恨，且一直鍥在田當家身後，伺出手的良機。」

又道：「小弟之所以提出來，是希望田當家可解小弟的疑惑。」

田上淵啼笑皆非，沒好氣的道：「晚生從未聽過九卜之名，亦從來沒和塞外的門派結怨。」

明知「范輕舟」說謊，另有所指，甚或指桑罵槐，只恨田上淵有口難言，還心內忐忑，不知「范輕舟」曉得多少。

宗楚客如「范輕舟」般知他口不對心，只是不揭破。道：「如果九卜女是可用錢收買的刺客，就更無從估計。」

接著重返正題，問田上淵道：「早前輕舟的提議，上淵怎看？」

宗楚客是老狐狸，際此關鍵時刻，將決定交到田上淵手上，由其作主，事後沒得怨別人。

假設老田答應，「范輕舟」依諾離京，等於雙方回歸以前「河水不犯井水」的協議，大家重修舊好。

田上淵道：「晚生須先弄清楚范當家對黃河幫的立場。」

龍鷹心忖這方面由台勒虛雲去擔心，斷然道：「小弟與黃河幫不單沒交情，素無往來，與黃河幫的陶顯揚雖曾在飛馬牧場碰個頭，可是每次都是不歡而散。」

接著又道：「這方面，田當家問樂兄將告一清二楚。」

宗楚客欣然道：「輕舟可否保證不插手有關黃河幫的事情？」

龍鷹斬釘截鐵的道：「絕不插手。」

宗楚客轉向田上淵道：「有甚麼話，現在是開心見誠的好機會。」

田上淵道：「竹花幫插手又如何？」

龍鷹道：「如我勸阻不來，會坦白告訴桂有為，黃河幫的事，小弟不會參與。」

田上淵現出陰惻惻的笑意，道：「范當家可送出消息，知會貴江舟隆的人放心到北方做生意買賣，至於竹花幫的船，三個月後才對他們開放水道。如何？」

宗楚客舉杯道：「輕舟可待至貴方第一艘船抵達京師才離開。來！乾一杯！」

第十三章　公主改嫁

龍鷹第一個離開，留下宗楚客和田上淵繼續說話。

今趟的「和頭酒」，無論如何，即使是假象，仍大幅紓緩了與田上淵劍拔弩張的關係，下次碰頭，可扮作老朋友。

故此，田上淵若沒有十足把握，不會向他下手，以免有把柄、話柄落入龍鷹手裡。對殺「范輕舟」，任田上淵如何自負，怕也感氣餒吧！

唯一可殺「范輕舟」的方法，是陷其於沒可能脫身的絕境，再以眾欺寡，方有望辦得到。這個責任，該已落在被老田脅迫的宗楚客肩頭，故由宗楚客以「和事老」的身份說出來，讓「范輕舟」留京至江舟隆第一艘船抵達京師的那一天，算為「和頭酒」的成果，暫時擺平了兩人間的紛爭。

宗楚客會否犧牲「范輕舟」？

夜風從躍馬橋一方徐徐吹來，有秋寒的滋味。

武延秀映入眼簾，他在雅居對街，與兩人聚著說話。另兩人一為等候他的夜來深，另一竟是樂彥，遠近還有影影綽綽十多個該是宗楚客的親隨高手。

三人目光同時朝「范輕舟」投過來，反映出他們對「和頭酒」結果的關切，因不歡而散的可能性同樣的大。

與武延秀這麼的打個照面，心內起個突兀。

今夜的武延秀，再沒絲毫那晚到秦淮樓買醉的影跡，一身西少尹的軍服，配起他魁偉的體型，威風凜凜的，很夠精神，若告訴人他兩天前的頹唐失落，肯定沒一個相信。不過，他一雙眼神卻多了以前沒有的凶戾之色，並不顯著，只是逃不過龍鷹無差的法眼。

龍鷹心忖武延秀該是認命了，與以前的自己切割。

隨著武三思滿門遭戮，不知多少武氏族人一夜間化為冤鬼，武延秀僥倖避過大難，面對的是兩個選擇。一是保著眼前榮華富貴，一是退離西京這個政治權力圈。明顯地，他選擇前者，隨安樂一起沉淪。

那天他往訪閔天女，聽到關於安樂的惡行，執行者大可能就是武延秀，此亦為安樂捧武延秀登上西少尹之位的用意，可做她的幫兇打手。

想起在洛陽公主府初遇安樂的情景，怎想到刁蠻浪女，最後竟變成禍國殃民的人。在無止盡慾望的驅使下，人的某種劣根性，逐漸顯露，又因沒有制約，最後任何可令人髮指的惡行，於其變得理所當然，非成為是的一刻，這個人將無可救藥。

安樂、武延秀均如是。

相隨心變，龍鷹因而發現武延秀氣質上的變化，察覺他眼神裡的凶光。

龍鷹隔著車馬道，向三人打出一切安然的手勢。

他們頓時輕鬆起來。

在現今不明朗的形勢下，多一事不如少一事，否則有得他們煩惱。

武延秀笑道：「公主今早才對延秀說，為何不見范大哥來找她？」

樂彥和夜來深現出不屑之色，錯非龍鷹仍在狀態，會忽略過去。從兩人神情，可知武延秀人前人後，開口閉口，都祭出安樂來，惹人生厭。

龍鷹來到三人面前，微笑道：「拜會公主，是個早或晚的問題，淮陽公請給小弟代為問安，說幾句好話。」

不容武延秀說話，先向夜來深打個眼色，著他愈快脫身愈好，然後向樂彥道：「沒想過你的老闆今晚這麼的好相與，令小弟又喜又驚。」

他是要通過樂彥，警告老宗、老田，他非沒防範之心。由於夜來深在老田和他之間，較傾向「范輕舟」，大概不會將此刻的閒聊轉告老宗。

在西京玩政治，必須因人而異，因事制宜，明白人與人間微妙的關係。

果然樂彥追問道：「范當家驚的為何事？」

龍鷹悠然道：「這是一朝被蛇咬的後患，走過山野之地時，不可能不格外留神。可意會，不可言傳，樂兄勿問哩！」

目光改往夜來深投去。

以為夜來深乘機領他脫身，豈知夜來深苦笑道：「淮陽公守在這裡，是要請范當家到公主府去。」

說畢現出個無奈的神情。

龍鷹不由記起昨天宗楚客千萬個不情願，仍要去見安樂的情況。今時不同往日，在京城，怕除韋后外，沒人敢逆安樂之意。

心叫糟糕，今夜讓无瑕「偷聽」他和宗楚客對話的大計，豈非泡湯？

兩人並騎而行，朝曲江池的方向走，武延秀的十多個親隨前呼後擁，與上趟到秦淮樓去的淒涼傷情，令龍鷹很難把眼前的武延秀，兩個情景聯想在一起。

此刻的武延秀，神情帶點興奮，喜上眉梢的，更使龍鷹百思不得其解，猜不到何事可令他如此雀躍。

而即使開心，亦不必擺在臉上，至少該扮扮仍在哀悼守喪的模樣。

訝道：「淮陽公心情很好呢！」

武延秀朝他瞧來，壓低聲音道：「公主答應了！」

龍鷹聽得沒頭沒腦的，愕然道：「答應了甚麼？」

武延秀沙啞著道：「娘娘答應了我們的婚事，只待皇上敕批。」

龍鷹差些兒不相信自己一雙耳朵。

公公、丈夫屍骨未寒，安樂竟改嫁武延秀，韋后又肯答應。

此刻的武延秀一點沒想過諸如此類的問題，被隨駙馬爺身份而來的榮耀、權力沖昏了腦袋，續道：「公主說，她會央皇上和娘娘，以皇后大典的規格，在宮內舉行盛大的婚禮，今天已過了娘娘的一關。」

武延秀最風光之時，是奉女帝之命，到突厥迎娶默啜之女凝豔的時候，卻樂極生悲，默啜悔婚，武延秀遇上人生最大挫折，還被默啜扣留包括他在內的整個迎親團，過著軟禁的屈辱日子，到龍鷹向默啜以天石藏訊，展示實力，默啜權衡輕重下，終於放人。

自此武延秀在女帝眼裡的價值大幅滑跌，其在武氏子弟中，也因老爹武承嗣的地位大不如前，而一落千丈。到李顯回朝，武承嗣病歿，其他武氏子弟如武崇訓等，因娶得安樂等意氣風發，又在武三思打壓排擠下，武延秀獨自憔悴。

際此失意之時，刁蠻放蕩的安樂看上了武延秀的俊偉，與之私通，其他人莫奈之何，然而，始終名不正，言不順，偷偷摸摸。

於武延秀來說，武氏子弟幾死光，曾為好友的李重俊遭梟首示眾，乃人生低谷。其西少尹的軍職，全賴安樂扶持，安危看安樂對他的態度，毫不實在，比起夜來深，姻親關係而來的委任，使他怎都有矮半截的感覺。在韋氏子弟前，更抬不起頭來做人，是苟且偷生。

剩看武延秀不敢干涉韋捷對秦淮樓的欺凌，清楚他如何忍氣吞聲，又不得不成為宗楚客迫害香霸的棋子，隨風擺柳，像傀儡多於像個人。

可是呵！若最得李顯夫婦寵愛的安樂改嫁予他，那武延秀以前失去了的，一鋪贏回來，地位比之韋捷有過之，無不及，且成為了韋后的「自己人」，武延秀喜形於色，有其前因後果。

不過，剛讀過「燕欽融上書」的李顯，如何反應？

此刻，龍鷹早把今晚原本誘无瑕來偷聽他和宗楚客說話的得與失，拋諸腦後，隨遇而安。

問道：「娘娘向皇上提出這件事了嗎？」

宮廷鬥爭的複雜，令人頭昏腦脹。假若韋后曉得了燕欽融上書的內容，依道理怎都有點避忌，不該在這非常時期去惹李顯。

武延秀於喜色裡透出掩不住的憂慮不安，道：「這正是公主急於找范兄商議的原因。」

龍鷹大奇道：「我可以幫哪方面的忙？」

武延秀苦笑道：「坦白說，延秀弄不清楚，既沒想過公主這麼快和娘娘說我們的婚事，亦不知道娘娘和公主說過甚麼，知的是公主回來，立即著延秀找范兄。」

龍鷹計算時間，韋后應是在得宗楚客知會，曉得「范輕舟」被收買，投往他們一方後，方動念頭，由與「范輕舟」關係良好的安樂執行。

所為何事？無從估計。

是試探自己嗎？還是應付燕欽融上書的手段？

至糟糕是李顯今天曾找自己去說話。

問道：「淮陽公因何認為此時和娘娘說，早了點？」

武延秀老實答道：「公主正為李重茂的事煩惱，想不到仍可分神。」

龍鷹記起進入雅居前，早不想，遲不想的，竟忽然想到李重福、李重茂兩兄弟，首次深思兩人能起的作用，可知沒一件事是偶然的，是因魔種超乎常理的靈應。

禁不住頭痛起來，做臥底絕不容易，給捲進安樂的皇太女、皇太子之爭，寃哉枉也。

問道：「李重福呢？為何獨提李重茂，李重茂是么子，李重福該比他更有令公主煩惱的資格。」

武延秀顯然不願透露這方面的事，搪塞道：「我不大清楚。」

龍鷹心忖有機會成為駙馬爺的武延秀，再非邀他一起到秦淮樓喝酒的那個人。正如他以前可背叛李重俊，現在也可以因私利出賣他的「范輕舟」。

道：「李重茂多少歲？」

武延秀不得不答，勉為其難，道：「十六歲。」

龍鷹心想原來如此。

狼母、狼女，達成協議。

安樂要做皇太女由來已久，在一般情況下，絕不退讓。

儘管李重俊成為太子，安樂仍然步步進逼，在三天慶典最後一天舉行的馬球賽，將太子、太女之爭，推至繼承權之爭的最前方，人人矚目。

只有在一個情況下，安樂方肯做寸讓，就是冊立李重茂為太子，是必須的權宜之計。

殺李顯，成為了韋后、安樂和宗楚客的共識，點著火引的是李顯對燕欽融上書的反應。連串的事件，令燕欽融大爆韋宗集團危害國家社稷的秘密奏章，更具震撼力，動搖的是韋宗集團的根本，就是李顯對他們的態度。

故此，韋后於此最不應該的時候，提出最不該提的事，背後必有老奸巨猾的宗楚客獻計，並不簡單。

眾人馳入公主府去。

公主府美侖美奐，規模宏大，極盡奢華，殿宇樓房，繞著廣闊達百畝不規則的人工池築建，所花人力物力，超乎龍鷹想像之外。

安樂如此，其他公主可以想見。

主府外，還另有官署，在這方面的開支，已非國庫可以負荷。

武延秀領他入主廳，沒想過的，竟碰上安樂送獨孤倩然離開，雙方在主廳遇個正著。

獨孤倩然首先看到龍鷹，一雙秀眸立即閃亮，幸好武延秀的心神不知是否飛到未來的婚禮大典去，注意不到。

安樂親熱地挽著美女臂彎，湊在她耳邊不知在說甚麼密話，一時沒留意武延秀領龍鷹步進廳門。

安樂仍然嬌美，身段美好，華衣麗服襯托下，無疑豔光四射，可是，比起與她站在一起，打扮樸素、淡掃娥眉、清麗脫俗的獨孤美人兒，頓現俗氣。

美麗的公主失去了她以往少女的氣質，放縱淫靡的生活，令人聯想到開始因熟透而變爛的果子，再非新鮮可口。

獨孤倩然隔遠凝視他，一雙秀眸透出只龍鷹明白的灼熱，來自她心裡的「野丫頭」，淑女驟然動情，格外惹人。

龍鷹的心也給點燃了。

此時可以做的，絕對不多，趁安樂和武延秀均不在意，朝美人兒微一頷首，表示今夜必到，希望她明白。

獨孤倩然不單明白，還禁不住地露出掩飾不住的反應，玉頰生霞，避開龍鷹的目光，垂下螓首。

如此有別人在場下，兩人暗通款曲，且是不可告人的私情，又為閨房密約，教她怎吃得消。

龍鷹湧起無比動人的感覺。美人兒香榻上玉體橫陳之際，他反不敢有此非份之想，抑制明目張膽的挑逗，可是，在這一刻，龍鷹被一直苦苦克制的情緒，忽然支配。

同時心叫糟糕。

女人最敏感，特別是安樂般男女經驗豐富的蕩女，如被她察覺好朋友的異常，然後朝獨孤美女因之而異常的源頭瞧來，發覺「范輕舟」正是來源，不懷疑才怪。

獨孤倩然一向對人、對事，冷冷淡淡，仿如可置身事外似的，現在竟因「范輕舟」臉紅，熟悉她的安樂還猜不到獨孤倩然因「范輕舟」而出事？

龍鷹哈哈笑道：「大江范輕舟，拜見公主，向公主請安問好！」

安樂尚未有時間察覺獨孤倩然的異樣，聞言轉往龍鷹瞧來，歡喜的道：「范大哥終於來哩！本宮要和范大哥算帳，來了這麼多天，本宮連你的影子都見不著。」

獨孤倩然朝他福身施禮，免被武延秀看到她紅霞未褪的俏臉。

險至極點。

安樂邊說，邊牽著獨孤倩然朝他們走過來。

龍鷹歎道：「唉！公主有所不知，小弟第一天抵京，就被隆重招呼，接著沒一天有好日子過，疲於奔命，剛才如非給淮陽公在門外截著，此刻該在大相府內被訓話。多謝公主援手之恩。」

安樂「噗哧」嬌笑，白他充滿風情的一眼，盡顯蕩女本色。

轉向武延秀，吩咐他領龍鷹到她的臨池書院去，待她送走好友，再回來和龍鷹說話。

安樂偕獨孤美女離開，武延秀依言領龍鷹深進府內去。

龍鷹暗歎倒楣，今次陷身公主府，不知又有誰可伸出援手？

第十四章　籌募經費

「范大哥，褭兒需要錢呵！」

龍鷹失聲道：「甚麼？」

公主府。讀書房。

這是座精雅的軒榭，周圍遍植楊樹，一面臨水，最接近的樓閣亦遠在百丈開外，特別幽靜，適合談密事。

安樂獨自一人來見龍鷹，武延秀像個陪客般立即告退，剩下兩人相處，際此夜闌人靜之時，氣氛異樣。

安樂本要請龍鷹到書房外的臨池平臺靠水說話，豈知一陣風颳來，竟下起綿綿雨絲，將人工池籠罩在煙雨之中，對岸樓閣如飄浮在水霧裡，若現若隱。

可想像由對岸瞧過來，讀書房情景相同，將本已如仙家勝境的園林亭臺，再添詩情畫意。

龍鷹對沈香雪建設的風格，有一定的認識，看出公主府出自她的手筆。香霸在這方面沒說謊，沈香雪確分身不暇，不過，恐怕只有安樂般公主裡的公主，又或如宗楚客般權貴裡的權貴，方有可能得她伺候服務。

只是公主府，其花費超乎龍鷹想像，國庫不給淘空才怪。還有其他佛寺的興建、平常的支出，為保持侈靡的生活，安樂不知賣多少敕官始可平衡開支。

現在極盡奢華的安樂，竟開口說需財，龍鷹聽得差些兒人倒椅翻，跌個四腳朝天。

他們退求其次，坐在平臺有屋簷遮頭、靠著讀書房的椅子隔几交談，不時被風帶來的雨粉灑到臉上，別有滋味。

滿池煙雨，將開放的天地分隔封閉。

如果坐在安樂位置的，換了是獨孤倩然，會有多好。

然不幸中之大幸，如符太在《西京下篇》的實錄裡所形容，安樂並沒有像以前般閒著無聊的愛縱情聲色，滿腦子男女愛慾，心神被自取的諸般煩惱佔據。雖撒嬌、撒嗲如舊，仍當「范輕舟」是個可敬的大哥輩。

情況有點像當年遭二張欺壓的重演，面對挑戰，竟人人畏縮，剩得她的范大哥挺身而出，組織肯定可橫掃洛陽的超級馬球隊，雖然未竟全功，賽事胎死腹中，但怎都為她爭回一口氣。

不過，龍鷹亦清楚是想得美了，現時的情況，遠較當年複雜，安樂再非以前的安樂，而是韋宗集團的核心人物，為滿足無限的野心，不論其所作所為對國家有多大的損害，仍自以為是，求目的，不擇手段。

她今次找自己來，謀定後動，有韋后和宗楚客在背後授意、支持。很多話，韋后、宗楚客說不出口，她則可軟語直言，不用避忌。應付她，比應付韋后、宗楚客困難。

「人家要嫁延秀嘛！」

龍鷹忙道：「恭喜公主。」

又故作驚訝，奇道：「這與錢有何關係？如公主叫窮，那小弟豈非三餐不繼？」

安樂抱怨道：「裏兒差些兒煩死了，大哥還在說笑。」

龍鷹歎一口氣，道：「公主賜示。」

安樂道：「母后答應了，父皇應承，今次裹兒和延秀的大婚，旨在沖喜，好去掉叛賊李重俊帶來的腥風血雨，事關重大呵！」

龍鷹心忖口長在你們母女身上，任得你們怎樣說。想像到李顯的被逼同意，也是李顯咎由自取，寵壞安樂，纏不過她，不得不做違背心內情緒的事。

道：「那還有何問題？」

安樂挺起鼓脹的胸脯，嘟長嘴兒道：「可是，父皇說得斬釘截鐵，不可以動用國庫的半個子兒。沒錢，如何辦婚禮？」

龍鷹記起武延秀早前志得意滿地說過，韋后提議以最高級別的規格，為他和安樂舉行大婚，就是皇后大典的級別。

雖然，他並不曉得此級別的婚典是何規模，但聽安樂的語氣，定花費不菲。於這個不適當的時候，耗資鉅萬的舉行安樂改嫁的大婚，可起何作用？

龍鷹想不通。

有宗楚客這個陰謀家點頭，表面簡單的事，內裡絕不簡簡單單，應是第二次政變的重要部分和環節。

龍鷹問道：「國庫是否真的沒錢？」

安樂一副本公主哪有理會的閒情，任性的道：「裹兒怎曉得，在這方面沒法說得過父皇，母后亦拿父皇沒法。」

龍鷹心叫糟糕。

以前的李顯，豈有閒心理會國家的收支，最重要是照舊享樂。忽然變得對財政清楚分明，是在給燕欽融的上書當頭棒喝後，立即召來管財政的大小官員，細問狀況。在這樣的情況下，即使宗楚客也不敢隱瞞。故此李顯雖不得不批准安樂的改嫁，卻按著錢囊，不肯出半個子兒，等若否定了韋后提升婚禮級別之議。

我的娘！

李顯朝鬼門關，至少跨近一步。

韋、宗兩人，絕不容李顯「全面覺醒」。

安樂找自己來，是要借錢？

道：「婚禮有大搞，也有小搞，重要的是公主與淮陽公兩情相悅。」

安樂大發嬌嗔，道：「大哥當是民間嫁娶？裹兒的婚禮，必須做到普天同慶，天下歡騰，方可沖喜。」

普天同慶？

我的娘，那須花多少錢？

像符太形容的祝捷國宴，其他不用說，剩兩座煙花炮塔、二百車檀香，所花人力物力，已夠驚人。

在燕欽融上書前的李顯，大概眉頭不皺半下的批出去，最後受苦的還不是老百姓，宮廷花用的每個子兒，莫不是民脂民膏。

韋宗集團此著一石二鳥，非常厲害。

首先試出李顯對「上書」的反應，其次是藉此皇后級別的大婚，提升安樂的地位，為以皇太女代替皇太子造勢。

安樂如此著緊，有她的理由。

她不去找別的人幫忙，偏來找他這麼無權無位的外人，自有其計算。

現時的「范輕舟」，通吃南北，聲勢尤在田上淵之上。

河曲大捷後，龍鷹的「范輕舟」隱與醜神醫、宇文朔結合為能左右李顯決定的新勢力。王庭經是李顯的心腹近臣，宇文朔則為關中支持唐室正統世家大族的領袖人物，如可因拉攏「范輕舟」，同時緩和與王庭經、宇文朔的關係，對未來弒君奪位的行動，可生奇效。

問題在能否令李顯死得無痕無跡，令傾向韋宗集團的人，隻眼開、隻眼閉，悶聲發大財。

宗楚客要營造的，是可順利過渡的氣氛。

龍鷹抓頭道：「范某可為公主做甚麼？」

安樂興奮的道：「籌募經費！」

龍鷹見怪不怪，認真的道：「論募捐的能力，小弟拍馬追不上公主，公主如肯振臂高呼，必一呼百諾，財源滾滾。哈！」

安樂苦惱的道：「父皇有言，不許母后和人家募捐，朝廷的官員更不可參與，否則等若父皇同意這般做。」

龍鷹心裡叫好，李顯醒來了，擋不了來個卸勁，以柔制剛，貫徹自己的指導。如此等若斷絕安樂等的財路，只恨為時已晚，他的醒覺，惹來殺身之禍。

道：「公主估計，須多少錢？」

安樂以不知米價的態度，若無其事的道：「萬五兩黃金，該可勉強應付。」

龍鷹失聲道：「甚麼？竟要那麼多？」

安樂聳肩道：「辦得體面嘛！」

央求道：「現在只范大哥有這樣的聲望為裏兒辦好這件事，且須從速辦理，大婚擇十一月舉行，離現在不足半年。」

龍鷹頭痛起來，一旦接過這個燙手山芋，還用做人？

動輒給歸納為韋宗集團的一黨，成為其跑腿走狗，神憎鬼厭。

此招不可謂不辣。

宗楚客想出來的東西，近乎擋無可擋，要在三數月內，與打劫別人錢囊毫無分別的去籌措萬五兩黃金，絕辦不到，而首先淘空的，是他「范輕舟」的錢囊。

究竟是宗楚客自己的主意，還是田上淵的主意？

龍鷹拒絕武延秀相送，冒著細雨離開公主府。

走不到千步，聞風而至的夜來深從後方追來。龍鷹老老實實告訴他，失去了說話的精神和心情，與宗楚客之約，須另選日期。夜來深識趣的放他離開。

實際上，龍鷹的心情不是那麼壞。

窮則變，變則通。

終於為李隆基找到切入點。

他一直為李隆基的定位煩惱。

現時朝廷的任命，掌握在韋宗集團手上，李顯非是沒干涉的權力，而是沒干涉的能耐。由於荒棄政事，朝中主要官職，盡入韋、宗屬意的人手裡，壓根兒弄不清楚誰為可信賴的人，而即使看中某人，不顧惡后、權臣的反對重用某人，旋即被韋宗集團收買。

這就是積習難返。

好不容易才有了王庭經、宇文朔、宇文破、高力士和自己此一「外人」，因而挽回本一面倒的頹勢，也令上官婉兒較傾向他們的一方。

從這個方向瞧，起用楊清仁、乾舜為右羽林軍正、副統領的重要軍職，實為一大突破，令本大幅朝韋宗集團傾斜的秤砣，扳回些許平衡。

也敲響了韋后和宗楚客的警號。

關鍵在李顯。

說到底，他代表的是大唐正統，一旦醒覺過來，要奪回被削弱的權力，除非有另一次兵變，韋、宗肯定招架不來。

這就是韋后和宗楚客重視「范輕舟」的原因。

最不好是在奇襲田上淵一役，擒得人質，龍鷹竟可拿主意，將人交給夜來深，令宗楚客掌握到，即使「范輕舟」不是這個以李顯為核心小圈子勢力的領袖頭子，也是對小圈子有龐大影響力的人。

宗楚客早對「范輕舟」有此看法，加上即時交人此一鐵錚錚的事實，再無懸念。

唯一令宗楚客頭痛的，是田上淵的阻撓。

如果沒猜錯，武延秀之所以能在雅居外截著他，是宗楚客通風報訊。

有關田上淵的事，可以遲些聽；分化李顯的小圈子勢力，則刻不容緩。且是連消帶打的妙著，反制田上淵。

先發制人。

由現在到安樂公主改嫁武延秀的大婚，宗楚客理由充足的不因田上淵而向「范輕舟」下手。

李顯和韋后的關係，亦因婚事改善。

韋后將破天荒首次對李顯人前人後和顏悅色，大擺賢妻良母的姿態，與李旦、太平等皇族巨頭修補破裂的關係，為的就是李顯的「忽然駕崩」。

在如此氣氛下，加上能幹籌款「副手」的身份，正是李隆基躋身西京政壇千載一時之機。

宗楚客確是玩政治手段高手裡的高手，像下棋，這邊失著，轉在另一角落子，反過來影響之前不利他的棋局。

藉此婚典，宗楚客扭轉了整個宮廷、朝廷的形勢，壓下李顯反撲之心，說到底，安樂畢竟是他最寵愛的女兒，出生於他被放逐房州途上，牽起他對苦難的回憶，視安樂為「沖喜」，心態微妙。

現在若要煽動李顯反撲韋宗集團，肯定比定下婚典前困難。

雙方均因婚典取得緩衝的時間。

故不利用這幾個月有所作為，是錯失良機。

雨粉漫天灑下，遠方隱沒在迷濛裡，於此二更時分，街上不見行人，間有馬車駛過，為寂靜的街道帶來少許的動態。

自己若不認真為安樂籌款，會帶來怎麼樣的後果？

龍鷹生出啼笑皆非的滋味。他奶奶的！最初的幾天半月，定要有好成績，幹得有聲有色，方能增加話語權。

不過！是明天的事了。

龍鷹提氣縱身，翻過里坊的外牆，片刻後，屋頂過屋頂的朝美人兒的香閨飛掠而去。

出奇地，獨孤美女尚未入睡，房內透出微弱的燈火。

她在等自己嗎？

還是沒法入睡？

想看她玉體橫陳、美人半醒的誘人姿態，好夢成空。

龍鷹運功蒸掉水氣，穿窗入房。

獨孤倩然靜坐靠窗一組几椅處，點燃的是秀榻旁的壁燈，她融入了映照範圍外的暗黑裡。

她在單薄的褻衣褌外披上外袍，掩蓋著無限春光，密密實實的。

龍鷹有默契的坐入隔几的椅裡去，忍不住的歎一口氣。

獨孤倩然往他瞧來，俏臉生輝，溫柔問道：「范爺何事歎息？」

龍鷹苦笑道：「還以為可以將倩然再次吵醒，豈知事與願違。哈！」

獨孤美人白他一眼，道：「虧你還有這個心情。」

龍鷹愕然道：「難道倩然曉得公主找小弟，所為何事？」

獨孤倩然道：「當然清楚，她央倩然為她籌備婚禮，爭取關中世家的支持，故沒隱瞞，還著人家從旁協助你這個籌募者。」

龍鷹搖頭歎道：「太荒謬哩！」

獨孤倩然輕輕道：「范爺之所以認為荒謬，只因不明白一向慣例。」

稍頓續道：「當年高宗皇帝大興土木，修築大明宮，為籌集資金，不但向隴、雍、同、華等十五州徵收特別稅，又扣發京官一月俸祿，還命朝廷公卿出資捐款，此事早有例可援。唯一不明白的，是皇上明令禁止娘娘和公主募捐，與皇上以前縱容妻女的作風，迥然有異。」

龍鷹投降道：「皆因有個叫燕欽融的地方官，奏了娘娘和公主一本，痛陳國庫被她們淘空的情況，皇上驚醒過來，故不肯為公主的婚典花半個子兒。若讓娘娘、公主募捐，與由皇上親自開口，有何分別？」

獨孤倩然欣然道：「難得范爺坦白呵！」

龍鷹歎道：「還有一件事須坦白，因要倩然心甘情願方成。」

獨孤倩然霞燒玉頰，垂下螓首。

第十五章　戰必攻城

龍鷹知她誤會了，不過卻很喜歡因之而來的曖昧，可是若因私忘公，又過不了自己的一關。以過去多天的經驗，到這裡見美人兒並不容易，總陰差陽錯的。

忍不住口，壓不下心內衝動地，順口問道：「是否小弟的要求如何不合情理，倩然仍肯應允？」

獨孤倩然嬌嗔道：「哪有這樣問人家的？」

龍鷹聽得心中大樂，她的答覆，是另一種的欲拒還迎，換過是色中餓鬼，立即抱她登榻尋歡，不會客氣。

惟他不可以這麼做，不過，問了這句不符禮節的話後，他們間的男女之防，被徹底推倒。

龍鷹收攝心神，排除妄念，道：「有一件事，小弟極想去做，卻不可令人知是小弟做的，在此事上，宇文兄和神醫都幫不上忙，因別人可從他們聯想到與小弟有關連。」

獨孤倩然回復常態，歡喜的道：「范爺找倩然幫手，是倩然的榮幸。」

龍鷹道：「當時機出現，我希望倩然向安樂推薦一個人，加入我的經費籌募小組，為婚典盡力。」

獨孤倩然動容道：「能令范爺苦心為他打算，此人肯定非同小可，究為何人？」

龍鷹一字一字緩緩地，以增加說話的份量，道：「臨淄王李隆基。」

獨孤倩然大訝道：「可是臨淄王與他的四個兄弟仍被放逐在外，不許返京。」

龍鷹信心十足的道：「他將在短期內回京。」

接著又道：「由今天開始到婚典舉行，在這段時間內，娘娘和老宗大概不會阻撓皇上所決定的事，又或陽奉陰違。」

獨孤倩然道：「也要看是甚麼事情。」

龍鷹問道：「倩然見過臨淄王嗎？」

獨孤倩然道：「見過多次。」

龍鷹興致盎盎的道：「請倩然坦白說出對他的印象。」

獨孤倩然以疑惑的目光打量龍鷹片晌，徐徐道：「在相王諸子中，以他的聲譽最差，被人譏為沒用，沒腰骨，愛討好娘娘和諸位公主，故不為相王所喜。尤有甚者，有謠傳他被派到幽州當總管時發了大財，故從幽州返京師後，買通上下，弄了個官職來做，不像其他兄弟般給投閒置散。范爺緣何看上他？」

龍鷹再問，道：「他有否沉迷酒色？」

獨孤倩然道：「聽說他是春在樓的常客，酒肉朋友成群，其他的事不大清楚。見他的場合，都是在倩然推不掉的雅集上，和他說過的話，加起來不到十句。」

龍鷹道：「倩然是否感到為難？」

獨孤倩然微一頷首，輕輕道：「若我推薦他，惹人奇怪。不過，仍屬枝節，倩然想弄清楚背後的因由。」

龍鷹道：「他的貪酒好色，是裝出來的。在幽州他確發了大財，但他的金銀珍寶，概由小弟供應。」

他不得不坦白。

對獨孤倩然，龍鷹信心十足，因縱然在洛陽猜到他是龍鷹，仍沒提醒世兄宇文朔，沒出賣龍鷹。

獨孤倩然瞪大美目看他，模樣可愛，差些兒探身過去，狠吻她香唇，美人兒該不拒絕。唉！四更哩！光陰苦短。

龍鷹交代道：「最早是由萬仞雨介紹李隆基給我認識，接著得胖公公和聖神皇帝先後點頭。派他到北疆絕非偶然，讓他明白塞外情況，並與郭元振建立交情。若非有他，小弟今天不會在京師。」

獨孤倩然現出震撼的神情，好半晌後，重拾說話，道：「世兄曉得嗎？」

龍鷹道：「宇文兄、乾舜兩位，都是這個計劃的核心份子，王庭經更不用說。」

獨孤倩然吁一口氣，道：「你們掩飾得非常成功，難怪相王在事發當晚懂得到興慶宮避禍，而賊子對興慶宮的攻擊無功而退，因范爺早有部署，對吧！」

龍鷹道：「昔年聖神皇帝御前的十八鐵衛，已成臨淄王忠心不二的家將，他們個別均武技強橫，尤精合擊之術，加上王庭經，田上淵親臨也難討好。」

獨孤倩然不依的道：「范爺呵！你令倩然更崇拜你哩！」

龍鷹心忖眼前出現的，是今夜最後一個得到美人兒身體的機會，該怎辦好？

符太弄醒他。

龍鷹睡眼惺忪的坐起來，一把接著符太塞給他的報告，暗呼「自作孽，不可活」，終於明白皇帝批閱奏章，須多大的自我紀律。

拍拍榻緣，道：「坐！不用讀亦可給太少最有用的情報。」

符太半信半疑的坐下，道：「有那麼厲害？」

龍鷹定神半晌，問道：「現在是甚麼時候？」

符太光火道：「是立即老實說出來的時候。」

龍鷹陪笑道：「對！對！」

湊近符太少許，道：「湘夫人昨天告訴我，她將在短期內離京，是功成身退。」

符太一呆道：「與柔柔有何關連？她們一起進退？」

龍鷹道：「這代表她們兩人完成了師門的使命，而你的柔柔比湘夫人離意更甚，更有離開的理由。」

符太不滿道：「你又非她，怎清楚？憑空猜估。」

龍鷹訝道：「太少今天火氣很大。」

符太歎道：「是怕你連看急報的興致也沒有，今次得五頁紙，你兩盞熱茶的工夫可看畢。」

又道：「高小子在下面等你，宇文朔待會來。」

龍鷹拍胸保證道：「大家兄弟，怎忙都要為太少爭取最好的結果。」

接著訝道：「太少是來真的，像對妲瑪般著緊。」

符太苦笑道：「柔柔確天生尤物，難得的是她的媚力似與生俱來，從骨子裡、談笑間、舉手投足中天然流露，對你情深一片的樣子更令老子差些兒投降，如不是給你這混蛋警告在先，早失陷了。老子懷疑，你這個軍師是否稱職？此刻更懷疑，有否盡忠職守的時間？老子昨晚等了足足個半時辰，你奶奶的，火氣大點不應該嗎？」

龍鷹老懷安慰的歎道：「有『情網不漏』為後盾，軍師隨口之言，頓成致勝之策，幸好太少聽教聽話，否則錯腳難返。」

跟著打手勢阻止符太說話，續下去道：「先說她們功成身退的事。太少答我兩個問題，第一個是為何早不退，遲不退，偏在這個時候退？」

符太用心思索，好一陣子後，道：「竟與老子有關係？」

龍鷹從床頭移到他旁坐下，順手穿靴，道：「就是如此。她們可以做的，早已完成，只待了結柔夫人的心事即可離開，她們均對楊清仁沒好感，眼不見為淨。」

沉聲道：「柔夫人的心事，就是太少。」

符太動容道：「你這句話，有醍醐灌頂的神效。」

龍鷹得意道：「所以勿貶低我。基於此一事實，今趟柔夫人主動找太少來，是想證實心內對太少的思念，是否真愛的現象？愛可令人不理智，但熊熊愛火，也可以是短暫的假象，最好的辦法，是面對你，然後忠於心內的衝動。在如斯心態下，她的反應有三個可能性。」

符太動容道：「有道理！情況確然如此，也如你先前所說般，她在挑剔、考驗、試探老子這個可能的情郎。一是心死，或是心動，怎可能有第三個可能性？」

龍鷹道：「心死不在考慮之列，打開始她便對你另眼看待。我要說的，是心動下的三個情況。」

見符太瞪著他，哪敢賣關子，直入正題道：「頭兩個情況，在你要得到她身體時發生，一是拒絕，一是接受。拒絕當然一切休提，接受卻存在大風險，她可以讓太少得到她，卻『玉心不動』，你奶奶的！那時天才曉得後果如何？」

符太聽他說得頭頭是道，點頭同意，道：「所以你教我千萬勿碰她。」

龍鷹愈說愈興奮，道：「在說出第三種可能性前，先問太少一關鍵問題。」

符太沒現出不耐煩的表情，示意他儘管問。

龍鷹道：「她有沒有投懷送抱？」

符太答道：「未試過！」

龍鷹拍腿道：「這就對了。這叫『敵不動，我不動』，你苦苦克制，她也在克制自己。若她控制不了自己，等若太少對她吸引力之大，可令她情難自禁，此正為『玉女心動』的先兆，也類近開城迎敵，和你打……哈哈！明白嗎？技術就在這裡。」

符太精神大振，讚道：「軍師果然夠斤兩，出的爛主意切實可行。城外、城內，難易度天淵之別。唉！最怕克制不住的那個是老子，便糟糕透頂。」

龍鷹道：「太少怎會克制不了，你從小的訓練，是教你無義無情，你又天生不好女色，只因化身醜神醫，過度投入下，心境始有變化。」

又道：「柔夫人修習『玉女心功』，不動心乃獨門心法，可是一旦動情，等同破功，令她抗拒你的力量大幅被削，等於城池陷於敵人強大的包圍下，看何時箭盡糧絕，故不得不冒險一博，希望誘敵入城，再利用城池形勢殲敵。可是呵！你任她打開城門，偏不入城冒險，逼得她出城迎戰，怎可能是太少對手，只好乖乖投降，做太少的秘密情人。」

符太聽得發呆。

龍鷹拍拍他肩膀，道：「見過高大後，我會細讀太少的急報，然後再給你切合實況的意見。」

花落小築。內廳。

宇文朔及時來到，與高力士聽畢有關馬秦客、楊均和九卜女的事，莫不現出震駭的神情。

宇文朔道：「提拔楊清仁，終見成效。」

跟著苦惱的道：「如能拔除此三人，是否可令皇上暫時避過殺身之厄？」

龍鷹頭痛兼矛盾，進退兩難。

高力士先往符太瞧，見他不但若無其事，似不把宇文朔的話放在心上，且有點心不在焉，下決心般，出言道：「各位爺兒可以聽小子心內的老實話嗎？」

三人驚訝的朝他瞧，高力士神態謙恭，沒絲毫被看得不自在。他少有這般主動說話，故而份外惹人注意。

宇文朔道：「說！」

高力士道：「經爺說過的一番話，小子到今天仍銘記心頭，以後也不會忘記。」

符太哂道：「又扯老子下水！」

高力士忙道：「小子怎敢，可是太深刻哩。經爺說過一旦認定目標，須貫徹始終，不可忘記。」

符太歎道：「好小子！還說不是扯老子下水？確說過類似的話，卻不是現今有關李顯生死的情況。不過！我是支持你的，現時是在京城內打仗，豈容婦人之仁。」

高力士沒顯露絲毫得符太支持而興奮的神情，謙卑的道：「經爺英明。」

見三人靜候他說出己見，接下去道：「事實上，不論馬秦客、楊均，又或按摩娘，小子一直留神。除他們三人外，還有五至六個人，令我默默注意。」

三人心呼厲害。

高力士獨到之處，是表面不動聲息，且故意隱瞞，原因他剛才解釋清楚，就是不存婦人之仁，朝遠大的目標邁進。其狠辣處，一如胖公公，絕對無情。

假如他說出來，令宇文朔為難的困境勢將出現，大家能否見死不救？

高力士續道：「混毒之法，防不勝防，我們若勉力而為，不但暴露我們的心意，與娘娘對著來幹，且惹皇上反感。剩說此三人，均由武三思推薦予皇上，表面上與娘娘沒絲毫瓜葛。楊清仁之所以對馬、秦起疑，是因長公主在宮內有眼線，皇上信任武三思，長公主剛好相反，故能查得蛛絲馬跡。」

稍頓後，道：「三位爺兒明鑒，在經爺指點下，小子所抱宗旨，是凡不利於我們『長遠之計』者，均不可碰。」

符太同意道：「說得好！」

宇文朔啞言無語。

高力士分析道：「由馬秦客、楊均下手的可能性微乎其微，因如皇上出事，死得不明不白，將惹群臣疑惑，於駕崩前，凡接觸過皇上的人均難免罪，若馬秦客或楊均在其中，長公主抖出他們與娘娘的男女關係，肯定惹得群情洶湧，硬壓下去仍後患無窮，故此小子可斷定，他們負責的，只是混毒的上半截。」

龍鷹頷首道：「我也是這麼想。」

宇文朔道：「九卜女是最佳下手人選，亦不到娘娘和宗楚客不讓她控制最後一著，田上淵則憑此操主動之權。」

高力士道：「不理其中微妙情況，現時所有籌碼全在娘娘之手，可從容佈局。經爺身份特殊，皇上出事，必首當其衝，恐難免責，但小子擔心的，不止於此。」

論宮廷鬥爭，龍鷹、符太和宇文朔合起來，怕仍非高小子對手。

另一能相埒者是宗楚客，看他如何收拾李重俊一黨、除掉武三思，可知老宗的厲害。不過，老宗並不孤單，因有高力士藏於暗處，全力與他周旋。

宇文朔道：「高大是否怕他把我們幾個全拿來頂黑鍋？」

高力士道：「此為誅除異己，娘娘和大相愈對范爺示好，愈顯其包藏禍心，問題在他們何時發動。」

符太問道：「小子心內有個譜兒嗎？」

高力士道：「小子只敢說出一己之見。各位可知昨天娘娘和八公主母女聯袂到麟德殿纏了皇上整個時辰，煩得皇上不勝其擾，不得不批准安樂改嫁武延秀的婚事。不過，皇上向她們說明，國庫不出半個子兒，希望她們知難而退。」

龍鷹向符太苦笑道：「這是我昨夜遲歸的原因之一，我給武延秀那傢伙押解去見安樂，被逼答應做她籌措婚典費用的最高負責人。他奶奶的！」

眾皆愕然。

第十六章　上戰伐謀

柔夫人步履輕盈的下樓，符太赫然映進眼簾內。

他大模廝樣的獨坐小廳，若有所思的。

柔夫人不以為異，在午前的陽光透窗射入，帶來暖融融的和風下，坐到他身邊的椅子去，輕柔的道：「你來哩！」

符太冷哼一聲。

柔夫人一雙黛眉蹙起來，不解道：「人家開罪你嗎？」

符太現出個燦爛的笑容，道：「上趟我不是告訴你，須回家仔細思量，現在有結果哩！」

柔夫人淡然自若的道：「如結果是符太你要再度拋棄妾身，請勿說出來，就那麼靜靜的離開，永遠勿回來。」

符太呆在當場，心內擬定之計，土崩瓦解，自以為無懈可擊的妙著，竟然不堪一擊，被她先發制人。

他確想以離開測試她的反應，看她會否央求自己。苦笑道：「就像上次在洛陽那樣子嗎？」

柔夫人「噗哧」嬌笑，宛如盛放的鮮花，甜蜜迷人。

比之昨夜，此時的她臉蛋紅撲撲的，一雙美目閃閃生輝，精滿神足的模樣，沒半分因情憔悴的情狀，滿載幸福、歡樂。只是這個對比和變化，即使鐵石心腸的，仍不忍傷害她。

柔夫人朝他瞧過來，理所當然的道：「剛好相反，是不讓符公子有長篇大論的離別感言，害慘人家。」

符太啞然笑道：「離別感言？夫人是個記仇的人。」

柔夫人道：「須看那個人是否符太？是的話，牢牢記著每個字。」

符太頭痛的道：「夫人可清楚符某是怎麼樣的一個人？知否我在怎麼樣的環境長大？夫人對符某只是個首次涉足的遊戲。事後回想起來，有點不知自己在幹甚麼，也不明白自己。」

柔夫人輕輕問道：「為何又來？」

符太心忖自己之所以來，原因是因與她在同一城市，非常方便。然回心一想，即使在萬水千山之外，結果仍然如此。

柔夫人本身，已是他抗拒不了的誘惑。他害怕的，是柔夫人根本不會愛上任何男子，冷漠無情。曉得事實非如此，孤芳自賞般的絕色嬌嬈，竟為他這個無行浪子黯然神傷，想想已令他生出至少一見的強烈衝動。

現在他來哩！事情比想像的還要刺激百千倍。如果這就是男女之愛，他絕不嫌棄。

問題在，她視自己為情毒的解藥，還是情不自禁，又或兩者混而為一？

於符太來說，眼前面對的，是一個尋寶的過程，像博真的尋寶圖般，標示的只是不知名的山川形勢，簡陋至不忍卒睹。

符太體會到龍鷹對著无瑕時的感受，沒半點著實。

柔夫人可非尋常女兒家，乃婠婠外另一魔門巨擘苦心栽培出來的三大女徒之一，以之扶持楊清仁繼續其祖楊虛彥未竟之志，在大唐手上奪回江山。

聖神皇帝的成功，對白清兒肯定有很大的啟發和鼓舞，「玉女宗」的出現，正是將美人計用之於開宗立派，將魔門和大明正教的精粹融於一爐而共冶。

結合武功和媚術的「玉女心功」，在三大玉女身上登上顛峰之境，但亦不可能重複，在江湖史的長河裡，將是曇花一現，屬個別單一、特殊罕有的例子。

能和玉女之一的柔夫人談情說愛，過招交手，勝敗莫測，乃符太不知幾生方修得到的福緣。

當大混蛋告訴符太，无瑕找他，符太和柔夫人重逢，已成命中注定的事，沒力量可以阻撓。

符太道：「是姑且一看。」

柔夫人不知如何，玉頰霞生，咬著唇皮道：「有何好看的？」

此為她第二次問同樣的話。

在躍馬橋下，符太故意賊眼兮兮的細審她動人的體態，柔夫人毫不介意，任他直觀審察，看個夠，看個飽。

可是，她說出心事，符太又瞪著她看，她卻受不了而害羞，說同一句話，嬌態迷人處，用盡天下言詞，難形容其中一二。

符太也是第二次對她說雷同的話，第一次在回答她為何肯應約而來，今次回答同樣的問題，符太提供相同的答案，含意則曖昧多了。

符太挑逗她。

符太聳肩道：「當然是想看夫人拿甚麼出來款待老子。」

柔夫人連耳朵都燒紅了，可肯定是不該發生在玉女高手身上的事，然而，第二個想法立即佔據心神，誰曉得此非媚術的功法？

撲朔迷離處，如在無垠的大地尋找寶圖內的寶山。

符太感受著博真萬水千山尋寶的苦與樂。

柔夫人垂下螓首，低聲罵道：「沒膽子的無賴。」

符太心裡喚娘，幸好先得大混蛋警告，一路從興慶宮走過來，全神行功，憑「橫念」引導「血手」，晉入千念止於一念，一念化為無念，又於柔夫人察覺他來臨，下樓會他前功行圓滿，定於無欲無求、心明如鏡的至境，否則此刻肯定按捺不住。

小樓寂靜，外面的世界離他們遙不可及，世上似只剩下他們兩人，不受規管。

如果妲瑪乃挽回了不能挽回的過去，小敏兒是生活，柔夫人就是他生命裡的奇逢。

他清楚如何開始，卻無從猜測將如何結束，朝哪一個方向走。

符太衝口而出，道：「老子要走哩！」

柔夫人大嗔道：「談得好好的，為何喊走，你很忙嗎？」

符太不擔心洩密，他有個直覺，發生在他們間的事，說過的每一句話，柔夫人不會洩露予她的姊妹們，故此連无瑕也不曉得她所受的傷害有多深，自己極可能是她破天荒首個可令她說心事的人。

符太道：「我需要的是清醒，在這裡，對著夫人，辦不到。」

柔夫人輕罵道：「說謊！公子不知多麼清醒精明。妾身不依，逗完人家，不顧而去。每次都是這樣子。」

符太道：「今次不同。這邊走，那邊回來。」

柔夫人幽幽道：「人家擔心呢。」

朝他瞧來，迎著符太凌厲的眼神，美目深注，柔情萬縷的道：「昨夜別後，妾身擔心得要命，怕過往可怕的事再一次發生，公子去如黃鶴。」

符太大訝道：「可是照老子的觀人之術，夫人體內血氣陰陽調和，昨夜睡得不知多麼香甜。竟敢騙老子？」

柔夫人欣然道：「公子流露本性哩！左一句老子，右一句老子，你慣了這樣說話？」

符太不悅道：「勿顧左右言他，先答我。」

柔夫人嬌笑連連，笑得花枝亂顫，不知多麼開心迷人。

她予符太的印象，是空谷幽蘭的清冷神態模樣，從未展現過眼前所見的另一面。一直以來，伴隨她的是難以形容，仿如與生俱來一抹淡淡的哀愁，世上再無可打動她的人與事。

勿說續興問罪之師，還大感自己唐突佳人，太過份矣。

她迷死人的美態，瞧得符太目不轉睛，眼眩神迷。

龍鷹離開「急報」，望向坐在一旁的符太。

他們在花落小築前院的小亭，龍鷹閱報，符太陪閱。

宇文朔和高力士趕返大明宮。

高力士去除龍鷹一件心事，是李顯沒將召燕欽融的重任，委諸於高力士。

依高力士猜測，此事由太平負責，因昨天見過龍鷹後，李顯召太平和李旦兩人再度入宮和他說話。

符太木無表情的冷冷道：「尚餘兩頁。」

龍鷹道：「勿打斷我，這叫靈機突發。你奶奶的，她在與你鬥法。」

符太色變道：「竟然是假情假意？」

龍鷹正容道：「剛好相反，是『真金不怕洪爐火』那般的真。」

又道：「你的柔柔愛得義無反顧，豁了出去，將自己完全開放給你，把壓抑多年的情緒，甚至少女時代的憧憬、渴望，沒保留的釋放出來。就看你是否相埒的對手，確為鬥法，不過是愛的鬥法，瞧你敢否闖進去。」

符太認真思索，點頭道：「不無一點歪理。」

接著催促道：「快讀！老子趕著去見她。」

龍鷹道：「千萬勿心急，捱到今晚才可以去。」

符太失聲道：「今晚？」

龍鷹好言相勸的道：「上戰伐謀，最糟是攻城。當然！若城門大開，另一回事。不過，如前所說，入城打巷戰具一定風險，對方只要有數臺弩箭機、數百枝弩箭，採我們勁旅陣而後戰的策略，可令太少損兵折將，陰溝裡翻船，不可不慎。」

符太痛苦的道：「你太看得起我符太了，我再撐不了多久，我愈來愈愛看她、讓她罵。你奶奶的！是好是歹，得到她總比得不到好。後果如何，理他的娘！」

龍鷹道：「為山九仞，豈可功虧一簣。且事情怎會是得與失般的簡單？同樣的男女愛恨，卻因你們均非常人，牽涉到微妙難言的角力較量。她找你回來，是要和你分出勝負，她非是要打敗你，而是要弄清楚真相。你奶奶的！假設你未能令她『玉女心動』，徒得其軀殼，勢於你本無瑕疵的心靈留下永難彌補的裂痕和缺陷，對你的『血手』造成嚴重打擊。」

符太咋舌道：「有那麼嚴重？」

龍鷹道：「天才曉得。不怕一萬，怕萬一。明白嗎？她在予你征服她的機緣，『橫念』就是你的五采石，你的優勢，在於曾與妲瑪魚水交歡，『血手』的陽剛，受『明玉』的調和，故被小弟看高一線，就看你能否堅持到關鍵一刻的來臨，使她投懷送抱。」

符太苦惱的道：「那不如現在去，晚上老子的自制力弱很多。」

龍鷹忍著笑道：「天將降大任於斯人也，有『苦其心志』這一條，你可以親嘴，摸幾把，但絕不可和她登榻，除非她逼你。」

符太喃喃自語的道：「她竟可忍住？」

龍鷹肅容道：「若她忍得住，表示玉女尚未心動，自己想想吧！」

符太深吸一口氣，點頭表示明白，打手勢要他讀餘下的兩頁。

符太尷尬道：「有何好笑的？」

柔夫人媚態橫生的瞥他一眼，歡喜的道：「作弄了公子，當然開心。」

白他一眼，道：「公子法眼無差，然而昨夜妾身之所以睡得安詳，全拜公子所賜。」

符太不解道：「夫人前後矛盾。」

柔夫人回復一貫恬靜無波的動人模樣，漫不經意的道：「有何矛盾。妾身擔心得要命，擔心到三更半夜，想得累了，避入夢鄉，然後公子來喚醒人家，多幸福呵！」

接著忍不住嬌笑，再次讓符太看到她花枝亂顫的誘人樣子。

她的蠻不講理，恰是令人心動處。

符太暗忖自己正不斷消耗老本，能祭出來的東西，越來越少。

忽然間，記起大混蛋的名句。

「技術就在這裡」！

她根本不擔心自己今天不來，因瞧穿了符太。

洛陽的告辭，大有可能柔夫人本認為符太抵不了多久會回頭去找她，但她猜錯了，符太一去無蹤。

關鍵在，自己知自己事，他再非以前那個符太。

符太啞然笑道：「能令夫人如此開懷，我的榮幸。」

在這一刻，部分的他變回以前的符太，記起事事不上心的「好日子」。

「符太！」

符太道：「甚麼？」

柔夫人臉蛋微紅，帶點靦覥的神態，輕輕的道：「妾身弄個簡單的午膳來款待公子，好嗎？」

符太淡淡道：「我們尚未是這種關係，改天再問。」

柔夫人若無其事的道：「公子要到哪裡去？」

符太雙目射出令人心寒的神色，道：「符某今次到京師，是要找一個人，詳情不便透露。」

柔夫人神色黯淡下去，道：「你還回來嗎？」

符太道：「夫人放心，除非夫人離開這裡，否則老子定必回來。嘿！夫人的信心到哪裡去了？」

想著田上淵，以前的符太又回來了，立竿見影。

符太今回首次察覺在情緒上，沒給柔夫人的溫柔手段，牽著鼻子走。來完硬的，軟的登場。

符太歎道：「符某的『血手』之所以能不住上攀，原因在於捨棄，永不走回頭路。其中一個捨棄，正是男女之情。符某肯來會夫人，破盡本人的習慣。」

柔夫人輕輕道：「公子仍在懷疑妾身？」

符太道：「我和夫人出身的門派，均被所謂名門正派者視為邪魔外道。以事論事，在見盡本教中人的行事和作風，我亦很難找到可反駁的話。」

沉吟片刻，續道：「與鷹爺結為兄弟後，我的思想和看法起了很大的變化，開始珍惜和某些人的關係，包括和夫人的關係在內。可是，我總感到和夫人間，存在若現若隱的障礙，令我沒法去掉戒心。」

柔夫人喜孜孜的道：「這是公子首次肯說出心裡的話呵！」

符太微笑道：「難得夫人明白。」

說畢站起來。

柔夫人待要起來相送，符太一聲「不用送了」，穿窗而去，走個無影無蹤。

第十七章　求諸於野

龍鷹、符太策馬入宮。

兩人不徐不疾的走著，趁機說話，時間無多，龍鷹現在是要去見李顯，告訴他給安樂拉伕做籌款者的事，取得李顯首肯，看他的反應和態度。

事實上李顯的龍心一直掛著他。

符太謙虛的問計道：「對柔夫人，老哥還有別的指引嗎？」

看罷急報，立即動身，沒說話的時間。

龍鷹在馬背上沉吟，思索著道：「太少少有如此虛心求教，大違桀驁不馴的一貫性情。你急報裡形容的柔夫人，亦與我印象中的柔夫人有很大分別，仿似描述的是另一個人，剩從這方面，知你們正在熱戀裡，惟愛情有此魔力，能將深藏的另一面顯現出來，真情流露。天下間，怕只有太少能使柔夫人開懷大笑。」

符太同意道：「我確從未見過，也想像不到她可變得開心迷人，你說的不無道理。」

兩人轉入朱雀門，進入皇城。

龍鷹道：「我可以提點太少的，有兩項，一是謹記『情網不漏』，俾可揮灑自如，隨心之所欲。二是謹記必須苦守，定要捱至她『玉女心動』，投懷送抱，方可越界。」

符太點頭道：「雖然說易行難，卻簡單明白，切實可行。唉！不過想起今夜，老子的心熱烘烘的，真怕一時衝動下，做蠢事。」

又道：「你尚未讀完我的《實錄》吧！」

龍鷹道：「定須在這兩天內完成，因已是急不容緩。不過，就讀過的，宗楚客政治手段的高明，達駭人聽聞的地步。」

符太道：「論陰謀佈局，我們拍馬追不上他。宗楚客外加上個田上淵，我們更非對手。唉！目前我們陷於被動，可以做的，絕對不多。事事聽天由命，總不是好辦法。」

龍鷹盯他一眼，哈哈笑道：「技術就在這裡！」

符太大樂道：「最愛聽你這一句，今回有何法寶？」

龍鷹從容道：「『禮失而求諸野』，我們鬥不過老宗，便找個鬥得過他的人來主持大局。」

符太沉聲道：「台勒虛雲？」

龍鷹歎道：「捨他其誰？」

高力士入書齋通報李顯，龍鷹在外面等候之際，遇上大才女上官婉兒。

美人兒隔遠看見他，俏臉竟升起兩朵紅暈，如此情狀出現在成熟美女身上，格外引人遐思，龍鷹雖沒那個心情，仍不由給她勾起洛陽時大才女婉轉承歡的媚態，心癢起來。

旋又壓下情緒，還後悔上次主動惹她，令她見到自己，不自禁的記起他對她做過的事。

來到他旁，上官婉兒回復常態，低聲道：「皇上近兩天心情很壞，剛才長寧求見，卻被皇上拒諸門外。」

龍鷹訝道：「長寧何事求見？」

上官婉兒道：「還不是為了錢。」

接著解釋道：「以前長寧想賣官，可央娘娘為她去辦，皇上有求必應。現在連娘娘也不容易和皇上說話，休說隨便敕批，長寧揮霍慣了，不得不親來一試，豈知吃了閉門羹。」

龍鷹心忖即使沒燕欽融的上書，李顯經叛變一事後，再不像以前般任妻女搓圓壓扁，而是有自己的主張。

乘機問道：「皇上如何處理燕欽融的事？」

上官婉兒道：「皇上沒和我說，正是人家最擔心的地方，皇上少有這般瞞著我的，或許皇上會和你說。」

高力士出來了。

龍鷹訝道：「為何這麼久？」

高力士神色平靜的道：「皇上在哭泣。」

兩人同時失聲道：「甚麼？」

高力士似說著與己無關的事般，道：「小人不敢問，伺候皇上喝了盅熱茶後，皇上平靜了點，並肯賜見，不過最好多待一陣子。」

龍鷹心內填滿悽惻，啞然無語。

上官婉兒暗扯他衣袖。

高力士裝作看不見。

龍鷹不用避忌高力士，偕上官婉兒到一旁說密話。

大才女道：「那件事有眉目嗎？」

她問的是燕欽融密奏被偷讀一事。

龍鷹立告頭痛，怎可以告訴她呢？上官婉兒立場不同，如被她曉得按摩娘乃田上淵派來的奸細，渾身秘技，肯定立即稟上李顯，殺之無赦。

道：「在追查中。」

大才女目光投往立在書齋正門外的高力士，又朝龍鷹瞧來。

龍鷹點頭應是。

上官婉兒聰明絕頂，清楚若有這麼一個身手高明的內奸，窺伺李顯之旁，李顯的龍命危如累卵。秀眉緊蹙的怪龍鷹道：「你半點不著緊。」

龍鷹苦笑道：「是急不來。宮內的事，大家比小弟清楚，若大家亦茫無頭緒，我更無能為力。」

上官婉兒有個局限，是視武三思推介引薦者為她一方的人馬，李顯亦然，宗楚客和韋后高明處，是用盡他們此不自覺的傾向。

現時上官婉兒最關心的，是命運所繫的李顯。龍鷹擔心的，乃上官婉兒是否韋宗集團清除的目標之一。

在這方面，韋后和宗楚客肯定有分歧。後者當然希望踢走上官婉兒，換上他屬意的人；前者則曉得不論垂簾聽政，又或登上帝位，在在須借助上官婉兒。

上官婉兒微嗔道：「你不是說過，盡一切力量保著皇上，保著唐室的江山。」

龍鷹道：「『明槍易擋，暗箭難防』，若要害皇上的，是他的妻女，根本防不勝防，除非可說服皇上休了他的皇后，將女兒們貶為庶人，大家有信心辦到嗎？」

上官婉兒咬著唇皮，默然不語。

人的性情沒法改，不論李顯有何醒悟，說到底，仍是那麼顢頇無能、優柔寡斷、缺乏堅持的意志和魄力。

上官婉兒輕輕道：「昨夜娘娘找我去說話。」

龍鷹瞧著她。

上官婉兒俏臉忽晴忽黯，芳心裡似有互相矛盾的念頭鬥爭碰撞，低聲道：「娘娘表面上是關心皇上近況，想知道批准安樂改嫁一事後皇上的反應，婉兒卻清楚她在試我。」

龍鷹為她感為難。說是背叛李顯，不說則開罪韋后，等同選擇了李顯的一邊。假設上官婉兒沒發覺密奏被偷讀過，肯定緘口不言。

上官婉兒續道：「我以暗示的方式，透露一半。」

龍鷹愕然道：「怎可能語焉不詳，她竟不窮根究柢，輕易放過？」

上官婉兒無精打采的道：「人家利用了娘娘不可以洩出清楚燕欽融上書一事的弱點，令她不敢逼問。婉兒離開時，娘娘雖然不是完全滿意，卻沒因而惱人家。」

龍鷹心忖，這類手段，他是學不來的。唯上官婉兒般在宮內打滾多年，方懂拿捏輕重，準確掌握主子心意。

上官婉兒道：「怎辦好呢？皇上的脆弱，令人擔憂，真怕弄出事來。」

她需要的，是個可倚賴的強人，以前曾選擇龍鷹，接著重投武三思懷抱。武三思去，龍鷹再一次成為她的首選，但絕不是李顯。

宮廷女子，最不可以常理測度。

像韋后和安樂，竟可合謀對付李顯，不但有乖倫常，更為天理所不容。

上官婉兒和韋后母女不謀而合之處，就是保持權勢。當發覺權勢受到威脅，為求目的，不擇手段。

如非上官婉兒從龍鷹看到李顯的一線生機，那她昨夜謁見韋后時，大可能將燕欽融的事和盤托出。

胖公公一直苦口婆心的勸自己，萬勿以己度人，戒掉認為自己不會這麼做，別人也不那麼做，自欺欺人的錯覺。

此想法的延伸，是假設上官婉兒對他龍鷹再沒任何期望時，為保權，亦為保命，會不會徹底投向韋宗集團的一方？

這個想像，令他整條脊骨寒慘慘的，心中顫慄。

眼前大才女似是順口問兩句，背後的驅動力大不簡單，難怪她說出昨夜見韋后一事前，神色這般古怪。

我的娘！這就是宮廷鬥爭。高小子顯然比他勝任多了，對李顯的暗自悲泣，視若無睹。

龍鷹冷然道：「大家放心，我可以做出保證，在安樂大婚之前，皇上不會出事，讓我們有充足的時間，把內奸揪出來。」

接著續道：「何況我們還有厲害殺著，就是由郭元振藉李重俊的事發聲，以忠心支持皇上，來個指桑罵槐，鎮住任何想改朝換代者的野心。」

上官婉兒一雙美目亮起來，待要說話時，那邊的高力士打出請龍鷹入書齋見李顯的手勢。

李顯聽畢，好半晌方有點明白。

他眼皮仍紅腫，幸好藉哭泣洩掉積聚心內的抑鬱和哀傷，平復過來。

書齋內得他們兩人，感覺異樣，頗有重演以前龍鷹和女帝親密關係的滋味。

以往見李顯，總有宇文朔貼身保護，現在這般單獨見龍鷹，顯示李顯視他為心腹。

「籌款？」

龍鷹道：「皇上明察，安樂公主委託小民為她籌募婚典的經費。」

李顯仰望屋樑，歎道：「裹兒這個女兒，教朕沒法狠下心腸。唉！延秀又是孤苦無依。大相走得太早哩！有他在，可為朕拿主意。」

目光落往坐在右下首的龍鷹處，問道：「朕批錯了嗎？」

人的性情，一旦鑄成，神仙都變不了。

龍鷹一句「皇上沒錯」，可敷衍過去，然而此時的李顯，六神無主，他需要的，是怒海裡的浮木，黑夜中的明燈，龍鷹怎都要有些與別人不同的表現，方可爭取得皇帝的配合。

為官之難，也在這些地方。

想當年的狄仁傑何等瀟灑，英明神武的女帝，倚之為安邦定國的樑柱。若狄仁傑其時尚在，怎可能有「神龍政變」？

龍鷹道：「皇上現今需要的，正是時間，以整頓內外，重振皇綱，找出大相府被襲的真相。」

李顯聽得精神一振，打手勢著他續說下去，龍顏現出生氣。

心病還須心藥醫。

昨天李顯兩度召相王、太平來商議，又見「范輕舟」，正因深感帝座受脅。雖然無從曉得三兄妹談的內容，但誰都可猜到，相王和太平對韋后、宗楚客有何好說話。三人又是同病相憐，曾受女帝打壓迫害，一旦李顯醒悟重蹈高宗當年覆轍，不用任何想像力，也猜得到他心內的憂慮。

龍鷹明白他的痛苦。

道：「水靜無紋，哪怕輕輕一觸，將泛起波紋漣漪，不利皇上行事。」

李顯龍目放光，壓低聲音道：「朕可以幹甚麼？」

龍鷹道：「當然是扶植相王和太平長公主，令他們成為穩定朝廷的力量，使傾頹的朝政重返正軌，有異心者，重新安份守己，一切如舊。」

此番話，投李顯所好，逢迎他怯懦畏縮性格。

「一切如舊」，關鍵在處。

龍鷹剛向符太說「禮失而求諸野」。現時的李顯問計「范輕舟」，是另一種的「禮失而求諸野」，沒有更貼切的形容了。

李顯果然聽得盡洗失意頹唐之氣，整個人神氣起來，歎道：「輕舟這席話，令朕有重溫當年在洛陽，得聞輕舟『真言咒』的滋味。」

龍鷹暗歎一口氣。

李顯道：「朕怎走出第一步？」

龍鷹道：「欲速不達。須先攪濁這池清水，利用八公主大婚，弄得全城鬧哄哄的。至於行事的細節，皇上找相王和長公主商量，他們比小民熟悉朝政，明白小民不明白的東西。」

李顯不住點頭，道：「對！對！要找他們來說話。」

他的龍膽比正常人小很多，「神龍政變」時，須人抱上馬載他到玄武門。今趟兵變，駭破了他已比其他人小的膽，到現在仍猶有餘悸，故若可一切如舊，乃他最大心願。

李顯最怕「范輕舟」等逼他去對付韋后和宗楚客，那是他負荷不來的事。現在聽到「范輕舟」輕鬆多了的提議，龍心大悅，必然也。

龍鷹補充一句，道：「此乃混水摸魚的道理。皇上明鑒。」

心想的混水摸魚的確是真的，然而摸魚的既非李顯，也非李旦、太平，而是李隆基。此正是他今天不得不來見李顯的原因。

又提醒道：「保密關係重大，絕不可外洩，請皇上提醒相王和長公主。」

李顯點頭道：「朕有分寸。」

接著問道：「在這個時期內，輕舟會為朕找出大相遇害的真相。對嗎？」

聞弦歌，悉雅意。

龍鷹肅容道：「皇上令下，小民立即著手調查，據初步的看法，事件該與娘娘無關，至於確切情況，須做進一步的了解。」

李顯吁一口氣，給龍鷹解開心內的死結，說到底，他仍沒法對妻子狠下心腸。

龍鷹趁機告退，李顯捨不得讓他走，然亦清楚他百務纏身，只好賜准。

龍鷹踏出書齋的剎那，有重見天日的感覺，更希望永不須再進去和李顯說話。

第十八章　完美陰謀

因如賭坊。後院。水榭。

台勒虛雲聽罷，啞然笑道：「輕舟確是妙人，竟可將對方的陰謀詭計，來個連消帶打，轉化為可予我們有周旋餘地的形勢，於死局裡闖出生路。」

龍鷹失聲道：「竟然仍這般惡劣？」

台勒虛雲欣然道：「怎算惡劣，以前是死路一條，現在則變得大有轉機。天下誰屬，將在未來的一年決定。」

龍鷹苦笑道：「聽小可汗的語氣，我們仍處下風。」

台勒虛雲加重語氣道：「是絕對的劣境。」

又歎道：「能想出此沖喜之計者，不到你不佩服，此計根本無從破解，我們唯一能做的事，如我先前所說，是營造出一個形勢，淡化其能取得的成果，令對方事與願違。」

龍鷹明白過來，但當然不可以表現得太聰明，因眼前的形勢，正是他竭力爭取回來的。

道：「小可汗請說清楚點。」

台勒虛雲雙目閃著智慧的芒光，瞧著平臺下的流水，緩緩道：「首先問輕舟一句話，假若李顯忽然暴斃，有何後果？」

龍鷹道：「當然是朝野震動，愈尋不到死因，愈添人的懷疑。」

台勒虛雲道：「輕舟看錯宗楚客和田上淵的關係哩！他們間不單沒有裂痕，還合作無間，至於為何如此，我們暫時不用費神去想。」

龍鷹難以接受的道：「小可汗憑甚麼作出這樣的臆測？」

台勒虛雲道：「憑的正是安樂的大婚，這是個沒有破綻的陰謀，之所以無懈可擊，是因有田上淵全力配合，否則等於畫龍無點睛，釣魚沒下鉤。」

龍鷹醒悟過來。

對！若田上淵堅持宗楚客幹掉自己，他才肯下手毒殺李顯，豈非自己一天在生，老宗的奪權大計難有寸進。可是，假若安樂的大婚，如自己猜測般，是另一場政變，那宗楚客須先取得田上淵衷誠合作，方可部署。

台勒虛雲厲害處，是憑逆轉的思維，從對方的佈局，反證老宗和老田仍然狼狽為奸，緊密合作。

我的娘！

那昨夜的和頭酒，豈非兩人通力合作，演一場百戲給自己看？

台勒虛雲道：「讓我們回到李顯忽然死掉的問題，這樣的情況，絕不會發生，九卜女將精確地調校李顯死亡的方式，讓他的死亡是有先兆和徵象的。韋后和宗楚客唯一的顧慮，就是你的兄弟王庭經。天才曉得他能否醫好李顯無端端的怪症。」

果然是禮失而求諸野，現在是陰謀家對陰謀家。台勒虛雲想到的，他一點未想過。

台勒虛雲微笑道：「輕舟可知安樂在咸陽建的安樂寺，將於十一月前後落成。」

龍鷹聽得發呆。

台勒虛雲道：「這是個不用大規模流血的政變。只要將到安樂寺拜佛定為婚典不可缺的環節，計劃的諸般細節，全部到位。」

龍鷹歎道：「現在小弟開始相信小可汗對宗、田兩人關係的看法了，此正為田上淵愛用的不在場手法。」

台勒虛雲點頭道：「我一直沒法想通此點，今天困惑給解開了，一切藉大婚之名進行，原本李顯是最重要的主禮者，卻因臥病在床，沒法隨大隊到咸陽拜佛。每逢這類與祀天、祭祖相關的事，均凌駕於任何事情上，只要韋后堅持缺了李顯也要去，而當皇后、公主、大臣們雲集咸陽之時，李顯在西京駕崩，一切變得順理成章，水到渠成。」

龍鷹他們也曾想過類似的情況，但因不曉有安樂寺一事，思不及此。

台勒虛雲沉聲道：「現時所有籌碼，全在韋、宗二人手上，清仁陣腳未穩，短短幾個月難以成勢，故而一旦李顯遇害，他將是第一個被趕下來的人，接著撤宇文破之職，所有重要軍職，盡入韋、宗之手。」

說畢長長吁出一口氣，雙目射出欣賞和佩服的神情，又頗有心滿意足的味兒，表現出對能相埒於他的對手的讚歎。

台勒虛雲這種寓遊戲於生死惡戰的派勢、氣度，別具震撼人心的力量。

「一子錯，滿盤皆落索」。

如非得台勒虛雲點醒，龍鷹自知將一直如此這般被老宗、老田欺騙下去，直至走入叫天不應，呼地不聞的窮途末路，陷身必死絕局。

今趟老田絕不容他有半絲生機。

台勒虛雲說的，不用大規模流血，無政變之名，卻有政變之實的驚天陰謀，指的正是韋宗集團要殺害的對象，限於他的「范輕舟」、符太、宇文朔等三數個被他們視為眼中釘的人。

「范輕舟」若亡，田上淵將以狂風掃落葉之勢，將竹花幫、江舟隆和黃河幫連根拔起，完成北幫一統江湖的大業。那時宗楚客要取韋后代之，易如反掌。

夜來深該是奉宗楚客之命，故意在自己面前數落田上淵的不是，憑此與他建立私交，以堅定他認為老宗、老田瀕於決裂邊緣的錯覺，並可探聽他心意。

令其成為安樂大婚的籌款者，是把他留在西京不著痕跡的妙著，一石數鳥，也使北幫取得受重挫後喘息的空間。

我的娘！

差些兒中了他們的奸計。

為何經歷過田上淵與突厥人暗裡勾結的事，宗楚客仍與老田水乳交融，合作無間？唯一合理的解釋，是宗楚客一直清楚有這麼的一件事，老田是在他同意下進行。

他聽到自己的聲音喃喃道：「確令人百思難解。」

竟忍不住將心裡的話衝口說出，可知困擾得他多麼厲害。

台勒虛雲訝道：「輕舟指的是哪方面？」

龍鷹從苦思裡驚醒，不好意思的道：「我忍不住又想起宗、田兩人間的曖昧關係。」

台勒虛雲朝他瞧來，雙目爍爍生輝，細審他的神情，悠然道：「這是愛思考者的通病，很難接受對某事某物不斷看錯。我一直在冷眼旁觀，故能看到輕舟忽略的東西。」

龍鷹虛心請教。

台勒虛雲分析道：「輕舟的問題，是看得太遠。」

龍鷹愕然道：「太遠？」

台勒虛雲看著一朵在天邊寫意飄浮著的雲朵，似浸沉於某一莫名的情懷裡，情深溫柔的道：「中土幅員廣闊，地理形勢複雜，人力、物力均在突厥人百倍之上。」

龍鷹心內暗歎，這麼簡單的道理，自己竟沒想過。想的只是一旦讓默啜突破缺口，將長驅直進，兵臨西京城下。沿途殺人放火，以戰養戰，造成民眾的大災難。

原因他是曉得的。

是因他龍鷹與台勒虛雲有著根本性立場上的差異。

台勒虛雲與老宗、老田等同類，均是為求成功，不擇手段之輩，差異處，是台勒虛雲自有其一套對天人宇宙的完整看法，充滿對生命不屑的意味。

台勒虛雲晉入另一層次，緩緩道：「任默啜今趟如何準備十足，人強馬壯，且成功設立接連河套的增援線，始終補給線太長，一旦中土軍民全力反撲，將首尾不接，無法擴大戰果，只能擾攘一番，最後仍無功而退。要在這樣的情況下攻陷西京，是癡人說夢。」

又冷哼道：「一旦惹出龍鷹，默啜能否全身而退，尚為未知之數，當然，指的是默啜力能攻陷西京的情況下，龍鷹方會回來。宗楚客豈肯讓這個情況出現？」

接著目光回到龍鷹處，異芒綻射，沉聲道：「宗楚客和田上淵醉翁之意不在酒，而在扳倒郭元振，默啜給他們騙了，你也被他們蒙在鼓裡。」

龍鷹拍案叫絕。

一言驚醒夢中人。

宗楚客和田上淵圖謀的，乃竊國的不世功業，若無長遠的規劃，到了口邊的肥肉也可被啣走，何況還有他龍鷹在旁虎視眈眈。

韋后垂簾聽政，捧出年幼的假皇帝李重茂出來當傀儡，手握重兵的郭元振師出無名，被逼坐視。

可是，若老宗、老田改朝換代，郭元振豈肯坐視，立即揮兵勤王，加上人心思唐，老宗、老田勢不堪一擊。

故此，郭元振方為老宗、老田的心腹大患，一天郭元振仍手握北疆兵權，給個天讓他們作膽，仍未敢坐入皇帝的位子。

郭元振若去，他龍鷹不足為患。

老宗和老田，究竟是怎麼樣的關係？

台勒虛雲搖頭歎道：「一計不成，施另一計，可惜他們茫不知有本人在暗裡主事，雖說鹿死誰手，言之尚早，但我們已非全無反抗之力，大家走著瞧吧！」

《天地明環》卷十八終

黃易叢書系列

尋秦記〈修訂珍藏版〉〈全六卷〉HK$450.00/每套
大唐雙龍傳〈修訂珍藏版〉〈全二十卷〉HK$60.00/每本
覆雨翻雲〈修訂珍藏版〉〈全十二卷〉HK$60.00/每本
破碎虛空〈修訂版〉〈全二卷〉HK$72.00/每本
荊楚爭雄記〈全二卷〉HK$42.00/每本
邊荒傳説〈全四十五卷〉HK$42.00/每本
大劍師傳奇〈全十二卷〉HK$42.00/每本
超級戰士〈全二卷〉HK$42.00/每本
幽靈船 HK$42.00/每本
龍神 HK$42.00/每本
域外天魔 HK$42.00/每本
迷失的永恆 HK$42.00/每本
靈琴殺手 HK$42.00/每本
時空浪族〈全二卷〉HK$42.00/每本
星際浪子〈全十卷〉HK$42.00/每本
雲夢城之謎〈全六卷〉HK$42.00/每本
封神記〈全十二卷〉HK$48.00/每本
文明之謎 HK$42.00/每本
盛唐三部曲之第一部曲 —— 日月當空
〈全十八卷〉HK$72.00/每本
盛唐三部曲之第二部曲 —— 龍戰在野
〈全十八卷〉HK$72.00/每本
盛唐三部曲之第三部曲 —— 天地明環
〈出版中〉HK$72.00/每本

黃易

日月當空

《盛唐三部曲》第一部——全十八卷

《大唐雙龍傳》卷終的小女孩明空，六十年後登臨大寶，以武周取代李唐成為中土女帝，掌握天下。武曌出自魔門，卻把魔門連根拔起，以完成將魔門兩派六道魔笈《天魔策》十卷重歸於一的夢想。此時《天魔策》十得其九，獨欠魔門秘不可測，從沒有人練成過的《道心種魔大法》，故事由此展開。

大法秘卷已毀，唯一深悉此書者被押返洛陽，造就了不情願的新一代邪帝龍鷹崛起武林，與女帝展開長達十多年波譎雲詭、恩怨難分、別開一面的鬥爭。

《日月當空》為黃易野心之作，誓要超越《大唐雙龍傳》，成為另一武俠經典，乃黃易蟄伏多年後，重出江湖的顛峰之作。

2

盛唐三部曲

黃易

龍戰在野

《盛唐三部曲》第二部——全十八卷

《龍戰在野》是《盛唐三部曲》的第二部曲，延續首部曲《日月當空》的故事情節。此時武曌的第三子李顯強勢回朝，登上太子之位，成為大周皇朝名正言順的繼承人，群臣依附，萬眾歸心，可是力圖顛覆大周朝由突厥汗王在背後支持的大江聯，亦成功滲透李顯集團。武曌雖仍大權在握，但因她無心政事，撥亂反正的重擔子落到龍鷹肩上。內則宮廷鬥爭愈演愈烈，奸人當道，外則突厥稱霸塞外的無敵狼軍鷹瞵狼視，龍鷹如何能挽狂瀾於既倒？其中過程路轉峰迴，處處精彩，不容錯過。

黃易

破碎虛空

修訂版

《破碎虛空》是黃易武俠裏最具創意的作品，處處見神來之筆。全書一氣呵成，由主角傳鷹聯同當代六大頂尖高手，與蒙軍精銳浴血苦戰，闖入深藏地底的迷宮，得睹天地之秘，到最後躍馬虛空，其痛快淋漓處，實非一般武俠小說可比擬。

天地明環〈十八〉

盛唐三部曲之第三部曲

作　　者：黃易

編　　輯：陳元貞

特約編輯：周澄秋(台灣)

發行出版：黃易出版社有限公司

通訊處 香港大嶼山

梅窩郵政信箱3號

電話 (852) 2984 2302

傳真 (852) 2984 2195

印　　刷：SYNERGY PRINTING LIMITED

出版日期：2017年4月(初版)

定　　價：HK$72.00

PRINTED IN HONG KONG

ISBN 978-962-491-384-2